Euclide
une
rancœur obsessionnelle

Éditeur : BoD - Books on Demand
12/14 rond-point des Champs Élysées, 75008 Paris, France

Impression : BoD-Books on Demand
Norderstedt, Allemagne

ISBN : 978-2-322-07718-2

Dépôt légal : mai 2016

Robert Coume

Euclide
une rancœur obsessionnelle

roman

Avertissement

Quelques personnalités de la vie politique française apparaissent dans cet ouvrage sous leur nom véritable ; les propos et les actes que l'auteur leur attribue sont totalement fictifs et ont été imaginés dans l'intérêt du roman.

Tous les autres personnages ont été créés par l'auteur ; leur nom, leur physique, leur personnalité, leur biographie, tout est imaginaire.

On pourra retrouver sur le terrain presque tous les lieux cités dans le roman ; seules les maisons où vivent – et où sont assassinés – des personnages n'existent pas.

À Marine,
sans qui ce livre n'aurait
jamais vu le jour

0

Il était une fois un brave facteur qui, au volant de sa Twingo bouton d'or, distribuait ses charmantes missives dans la campagne fleurie, bercé par La Belle au bois dormant *de Tchaïkovski...* Non, c'est complètement ridicule !

Auvergne. Au-dessus de Valcivières. Début du printemps. Un samedi soir. Alex... Trop sec, ça ne va pas non plus !

Andrew tourna la poignée de la serrure et constata que, par chance, elle n'était pas fermée à clé. Il poussa le portail qui s'ouvrit tandis que les gonds émettaient un léger grincement. Il se dit en lui-même qu'ils auraient bien mérité un peu d'huile. Il avança dans le jardin et fit quelques pas, puis il pensa tout-à-coup qu'il avait dû laisser son passe-partout sur la boîte-aux-lettres et fit demi-tour... Non ! on dirait du Marc Levy.

Plus de deux siècles après la mort de la bête du Gévaudan, ou de l'individu qui se cachait sous sa pelisse, les sombres forêts d'Auvergne étaient à nouveau hantées par un monstre sanguinaire... Non ! je ne veux pas faire du Stephen King !

Dès que Claire et Robert se retrouvèrent seuls dans la clairière, ils se jetèrent l'un sur l'autre comme des bêtes en arrachant sauvagement leurs vêtements... Non plus ! ils n'ont qu'à lire... Oh ! surtout pas de noms, je me ferais trop d'ennemis !

Pseudo-avant-gardiste ? *Si c'est un fou qui frappe au hasard il finira bien par commettre une erreur alors attendons le prochain crime le 1er mai sans doute mais il ne faut pas être superstitieux au point de gober toutes ces bêtises qui circulent en ville à vrai dire je ne suis sûr de rien...* Non ! une syntaxe déliquescente est généralement le symptôme d'une pensée altérée, faisandée, voire fortement avariée ; sans le talent de Cohen ou d'Ajar, mieux vaut rester classique.

Peut-être dans le genre autobiographique ? *Je suis né dans un petit village d'Auvergne en 1976 ; déjà la canicule marquait mon destin d'une pierre noire...* Non, pour emmerder les autres en leur parlant de mon nombril, Facebook et Twitter sont quand même nettement plus efficaces.

Ou alors, carrément didactique ? *Le nouveau gouvernement avait très vite mis en place les mesures qui s'imposaient pour restaurer le franc, ce qui devait permettre d'augmenter la compétitivité des entreprises françaises et...* Ça ne va toujours pas ; qui aurait envie de lire un truc pareil ? Il faut trouver autre chose...

Oh ! et puis, zut ! Les lecteurs s'impatientent ; ils attendent un roman ; allons-y !

1

Samedi 7 mars 2020

En cette fin d'après-midi, un soleil printanier s'attardait sur les hauteurs de Valcivières ; des rais de lumière s'insinuaient dans les sous-bois, accentuant le contraste entre les troncs sombres des pins et le vert lumineux de la mousse du sol.

Dans les combes abritées, les prairies se diapraient avec plus d'un mois d'avance de narcisses jaunes, qu'ici on appelle jonquilles. Mais les dernières congères de neige résistaient encore aux lisières nord des forêts.

Sur l'autre versant de la vallée de la Dore, l'ombre du crépuscule gagnait déjà les pentes inférieures du Livradois ; et la fraîcheur de la bise qui commençait à courber les fougères desséchées rappelait que l'hiver n'était peut-être pas tout à fait terminé.

Au volant de la vieille Twingo jaune de la Poste, Alex Vialatte, surnommé *l'homme de lettres* par une plaisanterie facile, mais dans laquelle certains voyaient une allusion à un célèbre homonyme, gravissait les lacets de la petite route de montagne.

Il écoutait d'une oreille distraite la radio qui, depuis le matin, ressassait tous les quarts d'heure les mêmes nouvelles :

Deux ans après la loi de modernisation de la fonction publique, le Premier ministre s'est félicité de son bilan extrêmement positif. S'appuyant sur un sondage qui montre que 72 % des Français approuvent cette réforme, il a décidé de signer dès lundi un décret qui étendra la semaine de quarante-cinq heures à tous les salariés ; ainsi sera achevé le grand chantier de l'harmonisation entre secteurs public et privé.

Nicolas Sarkozy a démenti de manière catégorique l'information publiée par Closer *il y a une quinzaine de jours ; le magazine people avait créé un certain émoi en affirmant que l'ancien président s'apprêtait à signer un contrat avec un de ses amis, producteur de cinéma, pour un remake du* Gendarme de Saint-Tropez. *Monsieur Sarkozy a par ailleurs tenu à préciser qu'il étudiait la possibilité de se présenter à l'élection présidentielle qui devrait avoir lieu dans deux ans.*

À la frontière entre l'Irak et la Syrie, les forces kurdes ont intercepté un convoi qui transportait plusieurs kilos de plutonium 239. Il proviendrait d'un entrepôt militaire de l'ex-URSS situé au Kazakhstan, mais on ignore pour l'instant s'il était destiné au régime de Damas ou aux rebelles. Les spécialistes interrogés se montrent rassurants : les belligérants ne possèdent probablement pas la technologie nécessaire pour construire une bombe ; et dispersé dans l'atmosphère, le plutonium est beaucoup moins nocif qu'on le prétend généralement.

En sport, le championnat du monde de biathlon, qui devait commencer demain en Finlande, est ajourné par manque de neige ; les organisateurs envisagent de transférer la compétition au Spitzberg, mais ils se heurtent à l'absence de structures d'accueil pour les athlètes.

Et pour terminer, des nouvelles du temps chez nous : demain, le ciel sera entièrement bleu sur toute la France. Il est probable que des records de chaleur seront encore battus dans le Sud-Ouest. Lundi, ces températures exceptionnelles pour la saison devraient s'étendre à l'ensemble du pays.

« Enfin une bonne nouvelle ! » se réjouit Alex.

Il rêvait à la partie de pêche qu'il projetait pour le lendemain matin ; le redoux affamait les truites, nombreuses dans les ruisseaux limpides de ce petit coin d'Auvergne encore préservé de la pollution. Né dans le canton, il en connaissait les moindres méandres, les plus petites chutes, depuis bientôt cinquante-trois ans qu'il les fréquentait ; il savait sous quelles pierres laisser filer son hameçon. Ses longues excursions solitaires étaient pour lui la meilleure détente pour se remettre d'une interminable semaine de travail.

Car depuis la réforme de 2018, les tournées, et par conséquent les journées, s'étaient considérablement allongées. Mais comme le claironnait Mickaël Buonarroti au comptoir du *Square*, en levant son verre de pastis, le nouveau gouvernement avait enfin mis les fonctionnaires au travail !

« Du moins ceux qu'on avait gardés ! » pensait

Alex Vialatte, qui s'estimait heureux de n'avoir pas été licencié comme certains de ses collègues ; il n'avait jamais parlé de politique en public, c'était sans doute ce qui l'avait épargné.

Ce qui frappait d'abord quand on voyait Alex, c'était son étrange silhouette : grand et mince, ses longs membres semblaient disproportionnés par rapport à son corps ; il n'avait pas l'allure d'un sportif, pourtant ses jambes lui permettaient de parcourir très rapidement de longues distances ; c'est peut-être cette disposition naturelle qui lui avait fait choisir le métier de facteur, même si maintenant il se déplaçait surtout en voiture. Deux petits yeux sombres, au regard parfois impénétrable, tranchaient avec son visage affable rougi par l'air de la campagne.

En 1990, un ami de Job lui avait présenté sa sœur ; cette fille d'agriculteurs s'était mis en tête d'épouser un fonctionnaire ; ils s'étaient mariés peu après, et elle lui avait donné une fille deux ans plus tard. Mais en 1994, elle avait abandonné mari et enfant pour suivre un croque-mort de Thiers, qui l'avait fait rêver en lui promettant de l'emmener passer deux semaines, en août, au Cap d'Agde. Elle n'avait plus jamais donné de ses nouvelles.

Alors il avait élevé seul sa fille, reportant sur elle toute sa tendresse. C'est peut-être pour compenser l'affection maternelle dont elle avait été privée qu'elle avait décidé de devenir puéricultrice. Maintenant qu'elle travaillait à Clermont, elle revenait le voir une ou deux fois par mois. C'était pour lui sa seule distraction, en dehors de ses longues courses dans la campagne, à la recherche de truites ou de champignons.

Épousant les courbes du terrain, la route cheminait dans une vaste clairière, découvrant au loin les pâturages encore gris et brunâtres des Hautes-Chaumes, sur les crêtes arrondies du Forez. Au détour d'un virage, Alex donna un brusque coup de volant pour éviter le chien jaune qui venait de surgir d'un fourré et vagabondait sur la route. La secousse provoqua la chute d'un objet sans doute coincé sous le tableau de bord depuis longtemps ; le facteur jeta un coup d'œil rapide sur le tapis et, un peu étonné, reconnut une pièce d'un euro.

Un peu plus haut sur la route, il entrevit enfin les maisons du hameau des Versades, la fin de sa tournée ; mais d'abord il y avait, fièrement isolé, le *mas* de Chantemule, extravagante construction sortie de l'imagination d'un riche paysan qui, au temps de Napoléon III, s'était rêvé châtelain.

Alex s'arrêta devant l'entrée de la propriété pour y déposer un petit paquet ; les signes visibles sur l'emballage, malgré le *scotch* des douanes, laissaient deviner sa provenance, la Chine ou le Japon. Il sortit son passe-partout pour ouvrir la boîte-aux-lettres et fut étonné de ne pas la trouver vide ; pour rentabiliser la distribution du courrier, chaque tournée n'était maintenant effectuée que deux fois par semaine ; et les enveloppes qu'il avait apportées le mercredi étaient encore là !

Il leva les yeux vers la grande bâtisse en partie cachée par les arbres et constata que tous les volets étaient fermés.

« Tiens, les Simonne ont dû partir en voyage pour quelques jours », se dit-il.

Il referma la boîte-aux-lettres et s'apprêtait à remonter en voiture, quand il eut une hésitation ; depuis plusieurs mois, la curiosité le taquinait de voir comment la maison avait été restaurée. Alex poussa donc le portail resté entrouvert et s'engagea pour la première fois sur l'allée gravillonnée bordée, depuis l'automne, de faux cyprès nains.

Après une légère courbe, il s'arrêta. Devant lui se dressait la façade sud du *mas*, qu'on appelait ainsi parce qu'il ne ressemblait pas aux fermes traditionnelles du pays, sans mériter pour autant le titre de château. C'était un grand bâtiment de pierre de deux étages, flanqué d'une lourde tour ronde de chaque côté, et surmonté en son centre d'une sorte de clocheton. Il était précédé d'une terrasse pavée à laquelle on accédait par un large escalier. À l'ouest se trouvait un autre bâtiment sans étage, visiblement d'anciennes écuries.

Abandonné après la mort du dernier fermier, les fenêtres délabrées, les toitures menaçant de s'effondrer, le *mas* était resté en vente pendant plus de trente ans ; les acquéreurs éventuels qui l'avaient visité étaient vite repartis, effrayés par l'ampleur des travaux nécessaires pour le remettre en état. Puis les Simonne, en vacances dans la région, l'avaient découvert par hasard, dans la vitrine d'une agence immobilière ; sur un coup de cœur, ils avaient décidé de l'acheter pour leur retraite ; après un an de coûteux travaux, ils s'y étaient enfin installés à l'automne précédent.

On les connaissait peu dans le pays ; on savait

seulement, grâce aux indiscrétions d'un stagiaire du notaire, que Georges et Denyse Simonne venaient de Namur, où ils avaient tenu une petite charcuterie dans le centre de la ville ; avec la vente de la boutique et de leur belle villa située aux environs d'Ohey, il s'étaient constitué un joli petit magot qui, bien placé dans une banque de Belgique, leur assurait une retraite confortable ; sans compter ce qu'ils avaient déjà dû engloutir dans la rénovation du *mas*.

Alex eut tout le loisir d'examiner le bâtiment. Les murs avaient été débarrassés de leur ancien crépi, un mortier clair jointoyait les pierres décapées ; des volets neufs de bois verni masquaient les ouvertures ; la couleur des chevrons et des solives sous les débords des toits montrait que toutes les charpentes avaient été changées.

« Beau travail, pensa-t-il, mais je n'aurais pas voulu payer la facture ! »

Puis il gravit quatre petites marches en rondins et se dirigea vers la droite pour faire le tour du bâtiment et voir le côté nord.

À une vingtaine de mètres dans le jardin, pour éviter l'ombre de la maison, une grande piscine, encore vide, avait été creusée.

« Une piscine ! À cette altitude ! Ils auront de la chance s'ils peuvent s'y baigner plus de dix jours par an ! Encore des naïfs qui croient sans doute au réchauffement climatique ! »

Le chantier avait probablement été terminé à la fin de l'automne, car aucun brin d'herbe n'avait encore eu le temps de repousser sur la terre soigneusement ratissée autour du bassin.

Le facteur se tourna vers la maison ; cette façade, qu'on ne voyait pas de la route, avait été rénovée comme l'autre ; cependant, dépourvue de tours et de clocheton, elle lui parut plus simple et plus harmonieuse.

Pourtant Alex ne se sentait pas à l'aise, comme s'il craignait soudain qu'un témoin surprenne son intrusion ; quelque chose le gênait. Il remarqua alors que le volet de la porte était très légèrement entrebâillé.

Il s'apprêtait à quitter les lieux discrètement, mais il se dit que ce n'était pas raisonnable. Que pouvait-il craindre ? Il n'y avait personne. Le volet avait été mal crocheté, voilà tout !

Alex s'approcha donc et le tira vers lui ; il fut étonné de constater que, derrière, la porte était restée grande ouverte.

Elle donnait sur un salon garni de ces meubles *Henri II* qu'il avait connus, enfant, chez sa grand-mère, et qu'on trouvait maintenant dans tous les marchés aux puces de la région. Sur les murs, de grands cadres dorés entouraient des tableaux dans lesquels il devinait des scènes champêtres peintes par un amateur local. Autour d'une table basse, de lourds fauteuils de cuir havane occupaient le centre de la pièce. Un tapis couvrait une partie du sol de terre cuite.

Sans doute à cause de l'accumulation de tous ces vieux meubles, de tous ces objets surannés, la pièce exhalait une odeur fétide de renfermé et de moisissure qui l'écœurait.

Du regard, il fit à nouveau le tour du salon, puis, ses yeux s'étant maintenant habitués à la pénombre, il comprit soudain ce qu'était cette masse sombre à moitié cachée derrière la table basse : un corps allongé par terre.

Pris de panique, il repartit en courant, traversa le jardin et se jeta à l'intérieur de sa voiture. Mais il était incapable de conduire tant ses bras et ses jambes tremblaient, et il lui fallut plusieurs minutes pour reprendre son souffle. Après avoir longtemps hésité sur ce qu'il devait faire, il saisit son téléphone et composa le 17.

2

Alex patientait dans sa Twingo, sans bouger, comme on le lui avait demandé. Il avait éteint la radio, obsédé par ce qu'il venait de découvrir, incapable de penser à autre chose ; même de la musique n'aurait pas réussi à le distraire.

Au bout d'une vingtaine de minutes, les gyrophares bleus d'une voiture de la Gendarmerie clignotèrent un peu en contrebas, suivis de près par l'ambulance rouge des pompiers.

« Ah ! enfin ! se dit-il soulagé. Mais pourquoi ont-ils tant traîné ? » Pourtant, il savait bien qu'il était impossible d'arriver plus vite, lui qui connaissait par cœur tous les virages et les pièges de la route. Il sortit et alla s'appuyer contre un des piliers du portail pour les attendre.

La Mégane de la Gendarmerie s'arrêta à gauche de la Twingo jaune, et le véhicule des pompiers à droite. Malgré la pénombre du crépuscule, le facteur remarqua que l'ensemble formait un surprenant drapeau belge ; une telle coïncidence l'aurait beaucoup amusé en d'autres circonstances.

Aussitôt un homme en uniforme, élancé, mesurant près de deux mètres, sortit de la voiture sombre et accourut vers lui. Alex reconnut immédiatement le lieutenant Julien Biasse, arrivé à la brigade d'Ambert depuis moins de six mois. Leur grande taille établissait une sorte de complicité entre ces deux géants ; ils avaient l'habitude d'échanger quelques banalités quand ils se croisaient pendant ses tournées.

Biasse était beaucoup plus jeune que les deux gendarmes qui le suivaient, et qui semblaient attendre ses ordres pour aller vers le *mas*. Mais il se dirigea d'abord vers Alex pour lui demander :

« Vous n'avez touché à rien, au moins ?

– Non, bien sûr ! J'ai juste regardé depuis la porte… sans rentrer dans la maison…

– Et pourquoi y êtes-vous allé ? Un colis, une lettre recommandée ?

– Non, mais ils n'avaient pas pris le courrier de mercredi. Ça m'a étonné… Alors j'ai voulu aller les voir ; et comme la porte était ouverte…

– Très bien ! L'adjudant Génin va enregistrer votre déposition. C'est par là ?

– De l'autre côté… Il faut faire le tour par le petit escalier, là-bas. »

Pendant que l'adjudant retournait à la voiture avec Alex, l'officier et le second gendarme se précipitèrent vers le *mas*, que les secouristes atteignaient déjà.

Ils le contournèrent par la droite comme le facteur le leur avait indiqué, allèrent jusqu'à la porte restée béante, et s'arrêtèrent tous ensemble, personne n'osant entrer le premier.

À l'intérieur, la scène était bien telle que le lieutenant l'avait imaginée d'après les explications téléphoniques du témoin. La seule chose à laquelle il n'avait pas pensé, c'était l'odeur.

Elle lui rappela aussitôt une autre scène qu'il avait connue à ses débuts, quand il était stagiaire dans le Midi, du côté de Fréjus : un forcené avait étranglé sa femme et ses trois enfants, et il était resté enfermé dans la maison une semaine entière avant de prévenir les gendarmes ; à leur arrivée, il s'était tiré une cartouche de chevrotines dans la tête. C'était la première fois que Julien voyait une telle violence, et il lui arrivait encore d'y repenser, la nuit, quand il ne trouvait pas le sommeil.

Se tournant alors vers les ambulanciers, il lança :

« Messieurs, je crois bien que vous vous êtes déplacés pour rien ! »

À l'odeur, ils avaient tous compris que le cadavre gisait là depuis plusieurs jours.

Les deux militaires enfilèrent des gants avant de pénétrer dans la pièce ; les secouristes les suivirent, mais restèrent discrètement en arrière.

C'était bien le corps d'une femme, pas très grande et un peu grasse, qui était étendu par terre ; et les taches sombres, sur le tapis, sur ses vêtements et sur ses mains exhibant d'énormes diamants, ne laissaient guère de doutes sur les circonstances de sa mort. Elle ne devait plus être toute jeune, et ses cheveux trop blonds juraient avec les rides qu'on pouvait encore deviner sur son visage.

Tandis que son collègue prenait des photos, le

lieutenant examina minutieusement la victime, à la recherche du moindre indice. Mais rien ne laissait penser qu'elle avait essayé de se défendre : son collier de perles était intact, et ses vêtements portaient seulement trois petites déchirures noircies par du sang séché, sur la poitrine et sur le ventre, indiquant que le meurtrier avait dû la frapper par surprise avec un couteau.

Ce n'était pas la première fois que Julien Biasse était confronté à un cadavre, mais cette chevelure dorée et ces joyaux clinquants avaient quelque chose d'indécent. Pourtant cela signifiait peut-être simplement que la victime attendait un visiteur, un ami, et c'était lui l'assassin.

« En tous cas, ce n'est pas pour lui voler ses bijoux qu'on l'a tuée ! Ou alors on a affaire à un connaisseur ; si ça se trouve, ils sont faux, et il les a laissés quand il s'en est rendu compte », plaisanta-t-il pour essayer de détendre l'atmosphère.

Puis se tournant vers les pompiers qu'il devinait derrière lui, il leur ordonna :

« Vous voyez bien que c'est trop tard ! Alors, rendez-vous utiles. Tâchez de me trouver un médecin pour le constat... Oui, je sais, un samedi soir... Eh bien, bonne chance ! »

Il sortit sur la terrasse pour respirer un peu, et à l'aide de sa radio portative il donna ses instructions au brigadier de garde à la gendarmerie d'Ambert. Il fallait immédiatement prévenir le procureur, et aussi demander l'intervention des techniciens de l'INPS, la *police scientifique* comme on l'appelait plus couramment, car l'assassin avait forcément laissé derrière lui d'autres traces de son passage.

À cet instant, l'adjudant Génin et le facteur apparurent à l'angle du *mas* ; la déposition du témoin était enregistrée, il pouvait repartir ; on le convoquerait quand on aurait besoin de lui.

Cependant le lieutenant le rappela pour lui poser une dernière question :

« Vous connaissiez un peu la victime ?

– Oh ! j'ai dû la rencontrer trois ou quatre fois ; c'était plus souvent son mari qui était dans le jardin.

– Et quand vous l'avez rencontrée, vous lui avez sans doute parlé ? Quelle impression vous a-t-elle laissée ? Une personne simple ?

– Ça oui, même qu'une fois elle est venue me demander mon avis sur la fourme ; elle voulait savoir où acheter la meilleure.

– Et sa façon de s'habiller ?

– Ah ben ! On voyait qu'elle n'était pas de la campagne ; toujours bien habillée, maquillée, avec de grosses bagues sur les doigts...

– Merci, c'est tout ce que je voulais savoir », coupa Biasse qui voyait s'éloigner la piste à laquelle il avait pensé un peu plus tôt.

Alex retourna à sa voiture, mais il était encore trop bouleversé pour terminer sa tournée ; d'ailleurs, la seule lettre qu'il lui restait à distribuer aux Versades était une facture d'électricité pour une résidence secondaire jamais occupée avant mai ; elle attendrait la semaine suivante. Il mit le contact, alluma les phares, fit demi-tour et redescendit à faible allure, car par moments il était encore saisi de tremblements et de nausées.

Le lieutenant décida de poursuivre ses investigations dans la maison ; pour le jardin, il faudrait attendre le lendemain, car la nuit commençait à tomber.

En tâtonnant il chercha un interrupteur et appuya dessus ; il éclairait un couloir central qui desservait toutes les pièces du rez-de-chaussée.

À droite se trouvait la salle à manger, meublée dans le même style que le salon ; les chaises étaient soigneusement alignées autour de la table occupée par un monstrueux vase en porcelaine vide ; apparemment rien n'avait été déplacé.

Plus loin ils trouvèrent une chambre, elle aussi parfaitement rangée ; quelques vêtements posés sur une chaise indiquaient que les propriétaires devaient dormir là ; mais le dessus-de-lit avait été soigneusement remis en place.

De l'autre côté du couloir, il y avait la salle de bain, puis la cuisine.

« Nom de Dieu ! s'exclama le gendarme qui venait d'y entrer. Il y en a un deuxième ! »

Au fond de la pièce, devant le frigo, gisait un homme d'environ soixante-dix ans, presque chauve, petit et rondouillard pour autant qu'on puisse en juger ; il avait été tué de la même manière que l'autre victime. En l'examinant de plus près, Biasse compta cette fois au moins cinq coups de couteau ; mais là non plus, aucune véritable trace de lutte.

Ils firent le tour de la pièce : une casserole sale était posée sur le fourneau, à côté d'un bocal de conserve artisanale vide ; sur la table, une bouteille, deux couverts, un plateau de fromages et des tranches de pain montraient que les victimes n'avaient pas eu le temps de terminer leur repas.

C'était maintenant l'adjudant Génin qui se chargeait de prendre les photos ; il eut un regain d'intérêt quand il aperçut l'étiquette de la bouteille de vin rouge encore à moitié pleine, et il se pencha pour l'examiner.

« Léoville-Barton 2005 ! Pas mal pour accompagner un petit cassoulet ! Dommage que l'assassin ne l'ait pas rebouchée, elle doit être éventée à présent !

– Regarde plutôt les verres, João.

– Eh bien quoi ? Ce sont des verres à dégustation tout simples, comme on t'en donne quand tu vas à la foire du Rotary.

– Oui, mais il n'y en a que deux ! Ça veut dire que l'assassin n'était pas attendu. »

Le troisième gendarme s'était attardé près du fourneau, admirant cet appareil capable de fonctionner aussi bien au bois qu'au gaz ou à l'électricité. Soudain il s'écria, triomphant :

« L'arme du crime ! Venez vite ! Elle est là ! »

Les deux autres se précipitèrent. En effet, sur

le rebord de l'évier était posé un grand couteau de cuisine maculé de taches de sang séché.

En l'examinant de plus près, sans y toucher, ils remarquèrent des empreintes digitales aussi nettes que celles dont ils se moquaient en regardant les séries policières américaines à la télé.

« Avec ça, il est cuit, se réjouit un gendarme.

– Il a voulu se laver les mains avant de repartir, mais il a oublié son couteau. Ils oublient toujours quelque chose, mais là, c'est énorme !

– Qu'est-ce qu'on fait ? On l'emballe ?

– Non, j'ai demandé qu'on nous envoie les *lapins blancs* ; ils seront là d'ici deux jours ; et ils n'aiment pas qu'on touche au matériel avant leur arrivée. »

Les trois gendarmes montèrent à l'étage. Ils s'éclairèrent avec une torche électrique, car l'aménagement n'était pas encore terminé ; on avait construit des cloisons de briques pour créer des pièces, mais les portes reposaient encore en tas dans un coin, et des trous sur les murs ou au plafond laissaient pendre des fils électriques inutiles.

Ils redescendirent au rez-de-chaussée et inspectèrent les moindres recoins, sans trouver quoi que ce soit d'autre. Le meurtrier n'avait apparemment pas fouillé la maison ; pourtant, s'il l'avait voulu, il aurait pu prendre tout son temps, il ne risquait pas d'être dérangé.

Le crime avait probablement eu lieu le soir, comme en témoignaient les volets fermés pour la nuit et les restes de repas encore présents sur la table de la cuisine.

Le lieutenant retourna vers la porte par laquelle ils étaient arrivés, et il l'examina attentivement. Il n'y découvrit aucune trace d'effraction : les victimes devaient donc connaître leur assassin puisqu'elles l'avaient laissé entrer.

Il faisait nuit noire quand le médecin arriva, soufflant, le visage rouge. Il ne parut même pas surpris quand on lui annonça qu'il y avait une seconde victime.

Il examina les deux cadavres en bougonnant et confirma qu'ils étaient bien morts depuis plusieurs jours ; pressé d'en finir, il s'apprêtait à sortir de sa serviette les permis d'inhumer quand le lieutenant lui fit remarquer qu'il fallait d'abord attendre l'autopsie, et qu'on n'était même pas sûr de l'identité des victimes.

Les pompiers étaient restés sur place, on les chargea donc de transporter les corps à la morgue de l'hôpital, où l'autopsie aurait lieu.

Les gendarmes se retrouvèrent seuls.

Si un promeneur s'était aventuré dans le secteur ce soir-là, il aurait pu assister au spectacle de trois fantômes se déplaçant autour du *mas* en luttant contre le vent qui éteignait sans cesse leurs chandelles : avant de repartir, les gendarmes posaient des scellés, à l'ancienne.

Il était près de minuit quand ils regagnèrent la brigade d'Ambert.

3

Dimanche 8 mars

La rumeur du double meurtre s'était mystérieusement répandue dans toute la ville pendant la nuit, et les Ambertois ne parlaient plus que de cela, sans trouver de réponses à leurs questions.

Très tôt le matin, on s'était arraché tout le stock de *La Montagne* livré chez les revendeurs, mais le journal avait été imprimé avant que la nouvelle ne soit connue. La radio et la télé ne relataient que des événements qui n'intéressaient personne : le départ de Paris-Nice, le retour en politique de Nicolas Sarkozy, la prochaine sortie du nouveau film de Stallone, *Rocky 9*... et pas un seul mot sur le crime de Valcivières !

On se rabattait donc sur la seule source d'information disponible, *Le Square*, le bistrot de *la mère* Donnadieu.

Quand elle avait quitté le quartier de la gare et transféré son établissement près de la mairie, à l'angle de la place du Pontel, beaucoup avaient pensé qu'elle commettait une erreur ; mais sa clientèle l'avait suivie ; mieux, elle avait su attirer nombre d'habitués des cafés du centre ; au plus près de l'administration municipale, au cœur du marché du jeudi, c'était à partir de son établissement que se répandaient les dernières rumeurs de la ville.

Quelques clients lui avaient bien fait remarquer que conserver le nom de son ancien café, *Le Square*, maintenant qu'il était installé sur une place triangulaire et près d'une mairie ronde, c'était un double contresens ; mais elle tenait à garder ce nom anglais dont elle ignorait visiblement la signification.

Margot Donnadieu, proche de la soixantaine, était une femme imposante. Pas très bavarde, mais avec toujours un petit sourire aimable pour chacun, elle savait se faire respecter, et s'il le fallait elle n'hésitait pas à mettre elle-même à la porte un buveur trop exubérant. Derrière ses grosses lunettes rondes façon écaille, elle surveillait tout ; et même si elle semblait indifférente aux conversations de la salle, elle n'en perdait pas un seul mot. De temps en temps, elle lâchait une petite phrase sibylline, et très vite une nouvelle rumeur, venue on ne savait d'où, circulait dans la ville.

C'est donc tout naturellement que, ce matin-là, les clients se bousculaient devant le comptoir du *Square*, en sirotant lentement un café ou un petit blanc, attendant en vain que quelqu'un apporte des révélations intéressantes.

Alors faute de nouvelles, on était réduit à en inventer : on parlait d'un mystérieux 4x4 polonais vert foncé, qu'on avait vu circuler plusieurs fois, à la tombée de la nuit, du côté de la Forie ; certains affirmaient qu'il n'était pas immatriculé en

Pologne, mais au Portugal ; d'autres encore n'étaient pas d'accord, ils l'avaient bien vu, eux, et il était bleu ; quelqu'un prétendait même que le passager, dont le visage était masqué par une barbe fournie et des lunettes noires, tenait une arme, certainement une kalachnikov, comme on en montrait souvent à la télé, aux infos.

Cette nuit-là, Alex Vialatte, bouleversé par sa découverte, avait eu beaucoup de mal à s'endormir ; et il avait renoncé à sa partie de pêche si longtemps attendue.

Quand, vers onze heures du matin, il entra au *Square*, tout le monde se précipita vers lui. On attendait les dernières nouvelles de l'homme qui avait découvert le crime. Peu à peu le brouhaha cessa, et le facteur, impressionné par tant de regards fixés sur lui, commença par bredouiller.

Puis il dit qu'il n'avait pas vu grand chose, juste un corps étendu par terre, assez loin de la porte ; il ne s'était pas approché, il s'était contenté d'appeler les gendarmes. Après, il avait attendu dehors. C'était tout ce qu'il savait.

« Ho ! mais... Monsieur veut se faire prier ? Allez, pas de cachotteries, dis-nous tout ce que t'as vu », glapit Mickaël Buonarroti.

Et pour le faire parler davantage :

« Eh ! la Mère Donnadieu ! Sers-lui donc un pastis. »

Ils trinquèrent. Le facteur sirota lentement son verre, toujours pensif.

On lui proposa un second pastis. Peu à peu, il se détendait, mais ne pouvait que répéter ce qu'il avait déjà dit.

Après le troisième verre, il devint plus bavard. Tous se taisaient et attendaient.

Fier de cet intérêt qu'on lui accordait soudain, à lui d'habitude plutôt réservé, il se lança enfin.

Dès qu'il avait vu les volets fermés, il s'était bien douté que quelque chose clochait. Les Simonne ne se seraient jamais absentés plusieurs jours sans l'avertir, lui qu'ils invitaient souvent à entrer pour prendre un café. Il avait donc voulu leur porter secours, mais il était arrivé trop tard.

« Et t'as pas eu peur ? Si l'assassin était resté caché dans la maison ?

– T'es pas assez méfiant, Alex. Ça aurait pu te jouer un sale tour ! »

Intérieurement, il se sentait un peu gêné d'endosser ce costume de héros trop grand pour lui ; mais il n'avait encore jamais eu l'occasion de savourer un tel moment de gloire.

Il accepta de répondre à toutes les questions qu'on lui posait : il expliqua qu'il avait trouvé madame Simonne dans le salon, puis son mari dans une autre pièce, sans pouvoir se souvenir si c'était dans la chambre ou la salle de bain. Il n'aurait pas fallu insister beaucoup pour lui faire avouer qu'il avait croisé l'assassin dans le jardin.

Le bistrot était devenu étonnamment calme ; toute cette foule assemblée murmurait, répétant et commentant ses paroles à voix basse. Seul le bruit du tiroir-caisse résonnait à intervalles réguliers.

Quand il voulut payer ses consommations, la patronne refusa, et elle lui rendit son billet de 100 francs ; l'affluence que sa présence avait créée dans le café valait bien ce geste.

Alex la remercia et s'en alla un peu gêné, exagérant l'importance de cette largesse. Depuis l'abandon de l'euro, il n'arrivait toujours pas à se familiariser avec les francs, qu'on avait dû dévaluer à deux reprises ; ce n'était plus la monnaie qu'il avait connue dans sa jeunesse. Quand il regardait sa fiche de paie, il avait l'impression que son salaire avait beaucoup augmenté ; pourtant les fins de mois devenaient vraiment difficiles ; et dans les magasins, les prix lui paraissaient de plus en plus élevés, à se demander si on ne les modifiait pas quand on le voyait arriver.

Après son départ, les conversations s'animèrent à nouveau devant le comptoir. Chacun y allait de ses commentaires :

« Les gendarmes sont bien gentils, mais ils arrivent toujours trop tard ; si Alex ne les avait pas prévenus, ils seraient passés devant le *mas* sans rien voir !

– L'assassin doit être loin à l'heure qu'il est ! Et il doit bien rigoler !

– Mais pourquoi aller habiter dans un coin aussi perdu ? Y a que des étrangers pour avoir des idées pareilles !

– D'abord, c'est bien fait ! S'ils étaient restés chez eux, en Belgique, ça ne leur serait pas arrivé !

– Faudrait surtout que les gendarmes surveillent un peu mieux tous les gens louches qu'on voit circuler par ici.

— Ah ! Les gendarmes, on se demande bien pour quoi ils sont payés !

— Mercredi, ils m'ont mis une amende parce que je suis passé au rouge, boulevard Sully ; c'est plus facile d'arrêter un honnête citoyen que les bandits qui ne respectent pas les lois !

— Les bandits ? Mais qu'ils viennent donc ! J'ai toujours ma carabine chargée sous le lit. Je les attends, moi ! »

Ces derniers mots prononcés par un tartarin ambertois furent approuvés par tous.

Buonarroti jubilait :

« Vous voyez bien ce qui arrive, à force de laisser faire n'importe quoi. Ho ! mais, maintenant, ça va changer ; on est en train de remettre un peu d'ordre dans le pays ! »

Fort en gueule, généralement vêtu d'un treillis militaire dont les manches retroussées laissaient voir quelques uns de ses tatouages, le visage hâlé, le crâne rasé, Mickaël voulait jouer les baroudeurs. À cause de sa petite taille, ses épaules paraissaient larges et lui donnaient presque une silhouette de rugbyman ; pourtant, on le voyait plus souvent dans les tribunes que sur un terrain de sport ; et, malgré ses trente-cinq ans, son apparente carrure d'hercule devait moins à sa musculature qu'à la graisse qui commençait à l'empâter.

Au bar, personne n'osait lui tenir tête, car il se montrait facilement querelleur ; et puis, à quoi bon discuter avec un esprit aussi obtus ? Les habitués se contentaient de sourire à ses discours, quelques uns parce qu'ils étaient du même avis que lui, mais la plupart avec un peu de condescendance, jugeant inutile de le contredire ; et lui, il prenait tous ces sourires pour des approbations.

En 1884, un de ses ancêtres, laissant derrière lui la Toscane et une vie misérable, avait débarqué à Philippeville. Comme il venait de Carrare, il avait rapidement trouvé du travail dans les carrières de Filfila. Sa famille avait vécu modestement à El Halia, un village où se côtoyaient Arabes, Kabyles et Pieds-Noirs, et les générations suivantes avaient continué à extraire le marbre.

En août 1955, la région s'était retrouvée au centre de l'insurrection algérienne, et à une razzia meurtrière avait répondu une répression si terrible que dans de nombreux villages il ne restait plus personne ; même le bétail avait été exterminé.

Incapable de comprendre ce qui était en train d'arriver, le grand-père de Mickaël avait décidé de partir à l'autre bout du pays, à Aïn Tekbalet ; on y extrayait une autre variété de marbre, et il pensait y retrouver la vie sereine qu'il avait menée jusque là. Il y avait trouvé du travail, mais pas la paix.

En 1962, fuyant l'Algérie, il était arrivé en Auvergne par hasard, simplement parce que sur le bateau quelqu'un lui avait parlé de la pierre de Volvic. Il avait finalement trouvé un emploi près d'Ambert, dans une carrière de granite, s'était marié et n'avait plus songé à quitter la région, même si chaque hiver il se plaignait de la rudesse du climat.

Le père de Mickaël était né peu après. Désireux de lui éviter les contraintes du travail salarié, ses parents l'envoyèrent en apprentissage chez un maçon ; et comme ils l'avaient espéré, après quelques années, leur fils put créer sa propre entreprise. Sérieux, travailleur infatigable, proposant des devis raisonnables, il ne manquait pas de clients. Et il consacrait ses dimanches à la construction de la villa de ses rêves, encouragé par sa jeune épouse, bientôt enceinte.

En 1985, la naissance de Mickaël fit la fierté de toute la famille ; choyé par ses parents, adulé par ses grands-parents, il devint rapidement un enfant capricieux, souvent tyrannique ; paresseux, peu intéressé par les études, rétif à toute forme d'autorité, il abandonna l'école le jour de son seizième anniversaire.

Il eut alors quelques fréquentations douteuses, se livra à de petits trafics avec une bande venue du Puy, et, s'étant fait prendre par les gendarmes, il n'échappa à la prison que grâce au zèle qu'il mit pour dénoncer tous ses complices.

Ses parents commençaient à s'inquiéter pour son avenir quand, en 2009, une occasion se présenta : le marchand d'articles de pêche et de chasse installé place du Pontel voulait prendre sa retraite ; ils rachetèrent la boutique.

Ce métier d'armurier auquel il n'avait jamais songé ne déplut pas à Mickaël ; il fallait bien transporter quelques colis et tenir une petite comptabilité, mais l'essentiel du travail consistait à bavarder avec les clients.

Il fit réaménager le magasin, réduisit l'espace

consacré à la pêche, augmenta celui de la chasse, et ajouta une vitrine pour les armes de poing, sa véritable passion. Dans le sous-sol du magasin il y avait une immense cave ; il la transforma en stand de tir ; ainsi les clients pouvaient essayer les armes avant de les acheter. Bien qu'assourdi, le bruit des détonations parvenait sur la place ; tout le monde connaissait l'existence de cette activité clandestine, mais on préférait fermer les yeux.

Et pendant les temps morts, il suffisait à Mickaël de traverser la place pour aller au *Square* boire une bière ou un pastis, se prélasser à la terrasse et parfaire son bronzage s'il faisait beau, discuter avec les habitués, tout en surveillant le magasin et l'arrivée d'un éventuel client.

Ce bistrot était devenu son quartier général, l'annexe de son armurerie ; il aimait y asséner ses critiques sur l'entraîneur de l'équipe de football locale ou nationale, sur l'état des rues de la ville, sur tel ou tel homme politique ; il connaissait tout, pouvait parler de tout, avait un avis sur tout ; mais il ne faisait que répéter des banalités grappillées au coin d'un comptoir, à la radio ou à la télé entre deux publicités.

Pourtant ce dimanche-là, il n'en savait pas plus que les autres ; tout le monde restait sur sa faim. Avec la venue de la police scientifique, on aurait sans doute davantage d'explications dans quelques jours ; il fallait patienter.

4

Lundi 9 mars

Cinq techniciens de l'INPS, venus de Lyon, se présentèrent à la gendarmerie d'Ambert vers onze heures du matin ; le capitaine Labroche leur expliqua brièvement ce qu'on savait déjà sur l'affaire ; puis il les confia au lieutenant Biasse, chargé de les conduire sur les lieux du crime.

Dès le début de l'après-midi, les *lapins blancs* prirent possession du *mas* de Chantemule ; ils passèrent au peigne fin toutes les pièces de la maison et le jardin. Mais malgré leurs efforts, ils ne découvrirent pas grand chose de plus que ce que le lieutenant avait repéré deux jours plus tôt.

Il était évident que l'assassin avait trouvé la porte ouverte, car il n'y avait ni traces d'effraction, ni traces de lutte avec ses victimes ; ce dernier point fut confirmé par l'examen des cadavres et les prélèvements effectués à la morgue : surpris, les Simonne n'avaient pas eu le temps de se défendre, ou alors ils ne s'étaient pas méfiés parce qu'ils connaissaient leur visiteur.

Le meurtrier n'était sans doute pas venu pour

voler, car il ne s'était pas intéressé aux bijoux que portait ostensiblement Denyse Simonne, et il n'avait pas fouillé la maison. On pouvait même affirmer qu'il n'avait visité que les pièces où se trouvaient ses deux victimes, comme si son seul but était de les tuer ; il ne s'était pas aventuré ailleurs, peut-être pour éviter de laisser trop d'indices sur son passage.

Mais, probablement en proie à une violente agitation intérieure, voire à une véritable crise de panique devant l'horreur du crime accompli, il avait commis une erreur ahurissante : oublier sur l'évier de la cuisine l'arme dont il s'était servi, avec de magnifiques empreintes digitales, et forcément un peu de son ADN.

Cette arme n'était pas un simple couteau de cuisine, comme on l'avait d'abord cru, mais un vrai couteau tranchelard de vingt-huit centimètres, outil de professionnel que seuls les bouchers utilisent généralement ; mais les Simonne n'étaient-ils pas d'anciens charcutiers ?

Trouver des empreintes d'une telle qualité était rare ; c'était peut-être une chance de mettre la main rapidement sur le coupable. Un technicien les releva soigneusement, il les numérisa et les transmit immédiatement à la Direction Centrale de la PJ, où un ordinateur les compara à celles du fameux *FAED*, le fichier informatique qui recensait tous les délinquants du pays.

La réponse revint très vite, négative.

« Je tente l'*Eurodac*, proposa un de ses collègues. On ne sait jamais. »

Il appela un bureau du ministère de l'Intérieur, où il avait fait un stage huit mois auparavant. Après quelques palabres avec son interlocuteur, il lui exposa les raisons de son appel ; mais son correspondant fut catégorique : depuis que la France avait rompu avec l'espace Schengen et qu'elle ne payait plus sa quote-part, on n'avait plus accès au fichier européen.

« Merde ! Dire qu'il est peut-être fiché là-dedans et qu'on n'en saura rien ! »

Pendant ce temps, les trois autres techniciens avaient poursuivi la collecte d'indices ; et leurs recherches n'étaient pas restées totalement vaines.

Près du portail, dans l'allée, on avait repéré quelques traces de pneus ; les dessins laissés dans la boue par les sculptures permettaient d'en identifier la marque sans hésiter ; cependant c'était un modèle si courant sur les petites motos qu'on ne pouvait pas en espérer grand chose.

Dans la cuisine, les traces d'ADN ne manquaient pas ; mais celui qui les collectait savait que la plupart appartenaient aux victimes.

Enfin, on trouva dans le salon, près du téléphone, à côté d'un portefeuille qui contenait encore 2 500 francs et deux cartes de crédit, une grande enveloppe éventrée et tachée de sang, avec cette seule inscription, imprimée en petits caractères, *Belfius Banque* ; elle était vide.

« Nous tenons le mobile du crime, s'exclama d'un air triomphant l'auteur de cette découverte. Voilà ce que l'assassin est venu chercher ! »

Mais on n'était pas beaucoup plus avancé.

On ouvrit aussi le petit paquet que le facteur avait déposé dans la boîte-aux-lettres ; il venait de Hong-Kong et contenait des comprimés bleus, du viagra probablement contrefait, commandé par internet.

Avertie depuis la veille, la fille des Simonne était accourue de Belgique. Mais on ne la laissa pas entrer dans le *mas* ; on la conduisit à la morgue de l'hôpital, où on lui infligea l'insupportable séance d'identification des cadavres, à laquelle le facteur avait lui aussi été convoqué.

Un peu plus tard, le médecin-légiste venu de Clermont pour pratiquer l'autopsie confirma que la mort avait été causée par les coups portés à l'aide du couteau tranchelard. L'état des cadavres lui permit de préciser qu'ils avaient été tués sans doute le lundi 2 mars, ou peut-être la veille ; c'était certainement le soir si l'on en jugeait d'après le contenu de leur estomac. Après réflexion, le médecin estima le dimanche 1er plus vraisemblable, car l'air froid entré dans le *mas* par la porte ouverte avait dû ralentir la décomposition.

En tout cas ils étaient déjà morts quand Alex Vialatte avait déposé ses lettres, le mercredi, sans rien remarquer.

On eut beau interroger le maçon, le plombier, l'électricien, l'agent immobilier, le notaire, toutes les personnes auxquelles le couple de retraités avait eu affaire depuis son installation dans la région, on ne trouva pas la moindre piste sérieuse.

Toutefois une confirmation de ce qu'on soupçonnait arriva : à la mi-février, Georges Simonne s'était présenté à l'agence de Namur de la banque Belfius pour retirer 20 000 euros en billets, qu'on lui avait remis discrètement dans une simple enveloppe ; celle qu'on avait retrouvée vide.

L'assassin était donc venu pour cet argent.

On pensa naturellement à un chantage qui aurait mal tourné ; mais la banque belge expliqua que les Simonne, anciens commerçants, se méfiaient des chèques et des cartes bancaires ; ils avaient toujours préféré retirer de grosses sommes en espèces pour payer toutes leurs dépenses.

À la suite de ces événements, quelques langues se délièrent, et on apprit que certains marchands et artisans acceptaient d'être payés en euros, en liquide naturellement, car utiliser l'ancienne monnaie était rigoureusement interdit.

En effet, quelques mois après la victoire de Marine Le Pen à l'élection présidentielle de 2017, elle avait tenu sa promesse la plus emblématique, le retour au franc.

Pour éviter toute tentative de spéculation, l'opération avait été préparée dans le plus grand secret ; on avait frappé de nouvelles pièces et imprimé de beaux billets à l'effigie de Charles Martel, Jeanne d'Arc ou Philippe Pétain ; une société de transport de fonds, inconnue jusque là, avait reçu pour mission de convoyer cet argent dans toutes les agences bancaires du pays ; et quand tout fut prêt, le Premier ministre annonça solennellement le changement de monnaie :

« Mes chers compatriotes,

Françaises et Français de métropole et de nos magnifiques territoires d'outre-mer,

Nous vous avions promis de restaurer notre souveraineté nationale ; nous allons tenir notre promesse ! Il est temps d'arrêter l'expérience malheureuse de l'euro et d'en finir avec son bilan désastreux. Le retour à une monnaie nationale sera bénéfique pour tous, car il permettra d'oxygéner notre économie et de retrouver la voie de la prospérité.

Nos adversaires prétendent que sortir de l'euro constitue un défi technique ; eh bien, ce défi ne nous fait pas peur, nous sommes prêts à le relever ! Soyez sans crainte, nous ne renouvellerons pas les erreurs de nos prédécesseurs : le passage à l'euro avait été pour vous un vrai casse-tête ; aujourd'hui notre priorité est de vous simplifier au maximum le retour au franc.

À partir de lundi, et jusqu'à la fin du mois, vous pourrez utiliser indifféremment des francs ou des euros, les deux monnaies ayant exactement la même valeur. Les distributeurs automatiques délivreront des francs, et les banques auront l'obligation d'échanger gratuitement tous les euros que vous leur présenterez. Enfin une simple signature suffira pour convertir tous vos comptes bancaires et autres livrets d'épargne.

Naturellement les commerçants seront tenus

d'accepter jusqu'à la fin du mois les deux monnaies qui, je tiens à le répéter, auront exactement la même valeur ; donc pas d'étiquettes à changer.

Passé ce délai d'un mois, le franc sera la seule et unique monnaie ayant cours légal en France, et l'usage de l'euro sera strictement interdit, comme l'est déjà l'usage du dollar ou de toute autre monnaie étrangère. Ceux qui auront conservé des billets en euros pourront encore les échanger dans les banques, moyennant le paiement des frais de conversion et d'une amende forfaitaire de 15 % pour détention de devise allogène.

Le changement est en marche,

Vive le peuple,

Vive la France ! »

Le retour au franc s'effectua aussi facilement que le Premier ministre l'avait annoncé ; au début, beaucoup avaient paru satisfaits d'utiliser ces billets tout neufs, même si les gens de bon sens se demandaient bien à quoi pouvait servir ce simple changement de nom :

« Euro ou franc, quelle différence, puisque les deux ont la même valeur ? »

Les seuls qui se plaignaient étaient les touristes qui partaient en vacances à l'étranger ; ils pestaient contre les frais de change oubliés pendant seize ans.

Puis, comme il l'avait annoncé dans son programme électoral, et pour freiner les tentatives de spéculation contre la nouvelle monnaie qui commençait à donner de légers signes de faiblesse, le gouvernement dut adopter des mesures de contrôle des capitaux : les banques de dépôt firent l'objet d'une nationalisation partielle.

Ce fut le signal qu'attendaient les spéculateurs du monde entier. Anticipant une baisse du franc, ils en vendirent à découvert plusieurs dizaines de milliards, précipitant ainsi sa chute et la défiance des créanciers ; face à eux, la Banque de France ne faisait pas le poids ; chez Standard & Poor's, la note de la France passa de AA+ à BB-. Le gouvernement eut beau protester et hurler à la manipulation de la finance cosmopolite, plus personne ne voulait lui prêter l'argent nécessaire pour payer les fonctionnaires et les retraités ; la dure loi du marché le contraignit à emprunter aux mêmes taux que l'Argentine ou le Zimbabwe ; même la Grèce, convalescente, inspirait davantage confiance aux bailleurs de fonds.

La présidente avait compté sur l'aide financière promise par Vladimir Poutine, qui s'était empressé de féliciter la France pour ses sages décisions. Mais la crise perdurait en Russie, les émeutes populaires se multipliaient dans tout le pays, et le maître du Kremlin venait d'être destitué par ses petits camarades et envoyé croupir en résidence surveillée à Krasnokamensk, en Sibérie.

Il fallut se résoudre à dévaluer le franc ; cette simple opération comptable rapporta des sommes considérables aux traders londoniens ou new-yorkais qui avaient spéculé ; une rumeur prétendit même que quelques Français, sans doute bien informés, s'étaient enrichis en jouant contre la nouvelle monnaie nationale.

En France, les prix commencèrent à grimper.

Un grand économiste, dont la notoriété n'avait pas franchi jusqu'alors les limites de la blogosphère, apparut sur tous les plateaux de télévision ; il expliquait qu'un peu d'inflation serait bénéfique, qu'elle favoriserait le commerce extérieur et la croissance ; d'ailleurs les ventes de son dernier livre explosèrent, même si peu de lecteurs eurent le courage de dépasser la trentième page.

Ceux qui se souvenaient qu'il avait déjà prévu la disparition de l'euro pour 2014 se moquaient en reprenant la plaisanterie de Bernard Maris :

« À quoi reconnaît-on un grand économiste ?

– C'est celui qui est capable d'expliquer pourquoi ses prévisions ne se sont pas réalisées ! »

Sans doute mus par la jalousie, plusieurs de ses confrères tentèrent de montrer que l'inflation était aussi le moyen le plus sournois et le plus efficace pour diminuer les salaires et les retraites sans avoir l'air d'y toucher, et aussi d'alléger la dette de l'État vis-à-vis des épargnants qui lui avaient confié leurs économies. Mais ils disparurent vite des plateaux de la télévision.

Peu à peu, les Français devinrent plus méfiants vis-à-vis de la nouvelle monnaie ; quelques commerçants, quelques artisans laissèrent entendre à leurs clients qu'ils acceptaient encore les paiements en euros, et que cela leur vaudrait même une petite ristourne.

Aussi, bien que le gouvernement l'eût rigoureusement interdit, une deuxième monnaie circulait clandestinement dans le pays, nourrissant une économie parallèle sans factures, sans taxes, sans banques, réservée aux rares privilégiés qui pouvaient encore se procurer des euros.

C'était évidemment le cas dans des régions comme la Côte d'Azur, où les touristes débarquaient les poches remplies d'euros ou de dollars ; mais aussi dans d'autres contrées plus inattendues, comme l'Auvergne, où les vieilles fermes à restaurer, pittoresques et encore bon marché, attiraient des vacanciers et des retraités venus de pays moins ensoleillés.

L'enquête préliminaire sur le double meurtre de Valcivières, dirigée par le lieutenant Biasse, se poursuivit encore pendant deux semaines. Puis, constatant l'absence de progrès, le procureur estima qu'il fallait la mettre en veille, en attendant qu'un jour, peut-être, on identifie dans une autre affaire le propriétaire des empreintes et de l'ADN.

Il expliqua devant la presse qu'un vagabond, probablement un manouche, entré dans la maison pour voler, avait été surpris par les propriétaires ; pour ne pas être dénoncé, il les avait tués avec un couteau qui traînait sur la table de la cuisine. Mais son signalement était si précis qu'il ne pourrait pas courir bien longtemps.

Les journaux qui avaient relaté le double assassinat s'intéressèrent à d'autres histoires, et cette affaire tomba dans l'oubli aussi vite qu'elle était apparue.

5

Vendredi 3 avril

Saint-Amant-Roche-Savine est un petit bourg perché tout près des crêtes des monts du Livradois, à l'ouest d'Ambert.

Ce vendredi-là, vers dix heures du matin, la gendarmerie du village reçut un appel d'un responsable de l'usine Sanofi située à Vertolaye, à une quinzaine de kilomètres dans la vallée de la Dore.

Robert Wieck et Claire Cordonnier, deux techniciens qui vivaient ensemble depuis près de treize ans, ne s'étaient pas présentés au travail le jeudi matin, sans donner aucune explication ; on les avait pourtant toujours considérés comme des employés consciencieux. On avait bien essayé de les appeler sur leurs différents téléphones, mais personne ne répondait.

Le vendredi, ils ne s'étaient toujours pas manifestés. Un ouvrier qui habitait du côté de Fournols, et qui passait près de chez eux très tôt en partant travailler, affirmait avoir vu leur voiture garée devant la maison dont les volets étaient déjà ouverts, malgré l'heure matinale.

Le gendarme de faction tenta de le rassurer :

« Oh ! Vous savez, plus de cent cinquante disparitions sont signalées chaque jour en France. Maintenant, les jeunes sont beaucoup moins sérieux que leurs aînés ; quand ils ont envie de prendre quelques jours de liberté, ils partent sans avertir personne, et ils reviennent aussi vite, persuadés qu'on les accueillera à bras ouverts ! Et puis après tout, ils sont majeurs : ils ont le droit de faire ce qu'ils veulent. »

Il nota quand même leur adresse et promit que ses collègues feraient un détour jusqu'à la Raze au cours de leur ronde de l'après-midi.

La maison du couple n'était éloignée de Saint-Amant que de trois kilomètres, mais elle se situait sur la commune du Monestier, juste de l'autre côté du col des Fourches ; ils l'avaient fait construire dix ans plus tôt, en lisière de forêt, près d'un petit ruisseau, sur une maigre prairie envahie de genêts que la grand-mère de Claire lui avait léguée ; elle était bâtie un peu en dessous de la ferme des Escures, où Henri Pourrat a situé une bonne partie de son *Gaspard des Montagnes*.

Dès le début de l'après-midi, les gendarmes en patrouille quittèrent la route de Fournols, descendirent en direction de Clamont, puis ils s'engagèrent sur un petit chemin de terre. Ils roulaient vitres ouvertes à cause de la chaleur anormale pour la saison ; le maréchal-des-logis-chef était heureux de respirer le parfum des jeunes pousses d'herbe.

« Quelle belle journée ! On se croirait déjà en été ! D'ailleurs, je ne l'avais encore jamais remarqué, mais l'herbe du printemps a presque la même odeur que les foins séchés du mois d'août. »

En arrivant à la Raze, ils ne pouvaient pas se tromper, il n'y avait là qu'une seule construction ; et la voiture rouge garée près de l'entrée indiquait que les occupants n'étaient probablement pas loin.

C'était une maison de bois d'un seul niveau, plutôt inhabituelle dans la région. Deux grandes baies perçaient la partie droite de la façade, tandis que l'autre était occupée par la porte d'entrée et une fenêtre plus petite, identique à celles qu'on voyait sur les côtés. Le toit à deux pans, couvert de tuiles brunes, semblait conçu pour affronter les vents et les chutes de neige de l'hiver. Les murs de bois verni lui donnaient un aspect chaleureux.

Isolée dans cette clairière au milieu des forêts de pins, entourée d'une petite prairie parsemée de fleurs harmonieusement réparties, elle charmait par sa simplicité qui évoquait les pays nordiques.

Les deux gendarmes s'approchèrent. Sur le mur, de chaque côté de la porte, deux petits panneaux de bois gravés indiquaient le nom que les habitants avaient choisi pour leur demeure, chacun dans sa langue maternelle : *Träumerei* à gauche, *Rêverie* à droite.

Ils cherchèrent des yeux une sonnette ; il n'y en avait pas. Alors ils frappèrent, d'abord à la porte, puis sur les vitres des fenêtres. Personne ne répondit. Ils recommencèrent, plus fort ; toujours rien. Pourtant, en tendant bien l'oreille, ils entendaient un homme et une femme qui discutaient à l'intérieur ; il n'était pas possible de comprendre ce qu'ils disaient, mais le ton paraissait calme.

Soudain, une musique qu'ils connaissaient bien interrompit la conversation : la télévision était restée allumée.

Les deux gendarmes comprirent qu'il fallait agir ; mais de simples soupçons ne les autorisaient pas à pénétrer dans la maison. Ils appelèrent leur adjudant pour lui expliquer la situation.

« Allez-y ! Je vous couvre quoi qu'il arrive. Et tenez-moi au courant immédiatement s'il y a quelque chose d'anormal. »

Ils auraient préféré un ordre écrit, mais ils n'avaient plus le choix.

Mieux valait limiter les dégâts : sous une fenêtre, un banc était adossé au mur ; ils grimpèrent dessus, cassèrent une vitre, tournèrent la crémone et sautèrent dans la cuisine.

Tout était en ordre ; deux bols, des biscottes et un pot de confiture posés sur la table semblaient attendre l'heure du petit-déjeuner.

Les deux gendarmes se dirigèrent rapidement vers la pièce où la télévision égrenait ses publicités et ils poussèrent la porte : Robert et Claire, couchés dans le lit, dormaient paisiblement. Les yeux clos, leur visage semblait détendu ; mais leurs bras posés sur la couverture étaient raides et froids.

Aussitôt le maréchal-des-logis-chef prévint son supérieur, qui arriva un quart d'heure plus tard, en compagnie du médecin du village.

Celui-ci eut beau examiner longuement les

deux corps, il ne réussit pas à découvrir la moindre trace suspecte. Il déclara qu'ils avaient dû mourir dans leur sommeil, sans s'en rendre compte. Mais pourquoi ? S'il n'y avait eu qu'un seul cadavre, il aurait sans doute conclu à une mort naturelle, par arrêt cardiaque ; mais deux à la fois, c'était totalement invraisemblable.

Il refusa donc le permis d'inhumer, et on fit appel à une ambulance pour les transporter jusqu'à la morgue de l'hôpital d'Ambert.

Comme la maison était fermée de l'intérieur, on pensa naturellement à un suicide par absorption de médicaments. Averti, le procureur demanda aux gendarmes de commencer l'enquête de routine prévue dans ces cas-là, persuadé que l'autopsie confirmerait cette hypothèse.

Elle paraissait d'autant plus vraisemblable que leur travail dans une usine pharmaceutique, chez Aventis comme on l'appelait encore souvent dans la région, pouvait leur donner accès à toutes sortes de substances chimiques.

Les gendarmes fouillèrent donc la chambre, la cuisine, la salle de bain, l'armoire à pharmacie, les placards, les poubelles, tous les lieux où ils auraient pu abandonner l'emballage des médicaments ou des produits toxiques qu'ils avaient avalés ; dans toute la maison, ils ne trouvèrent que quelques comprimés de Doliprane, des pastilles contre les maux de gorge, un tube de Biafine et un flacon de décontractant musculaire ; en somme, rien de bien dangereux.

Cela n'étonna pas le sous-officier, qui fit remarquer fort justement :

« Quand on a décidé de se suicider, on ne s'installe pas devant la télé. »

Le médecin, qui les recevait de temps en temps à son cabinet, assura que c'était un couple sans histoires, qui semblait parfaitement heureux ; ils avaient bien eu une période difficile, quand ils avaient compris qu'ils n'auraient pas d'enfants ; mais cela datait déjà de quelques années, et ils avaient, semblait-il, surmonté leur déception.

À bien y réfléchir, l'hypothèse d'un double suicide n'était finalement pas très convaincante.

Le lendemain, le médecin-légiste de Clermont revint à Ambert pour procéder aux deux autopsies.

Il se fit d'abord confirmer qu'on avait bien retrouvé les deux morts dans leur lit, les traits du visage détendus et les yeux fermés ; mais après tout ce n'était pas si rare qu'on l'imaginait.

Puis, le scalpel à la main, il commença à observer, examiner, trancher, sectionner, disséquer, charcuter... Il eut beau chercher, tous les organes des deux cadavres étaient en parfait état de marche ; leur mort restait inexplicable.

Il lâcha même devant ses assistants médusés :

« C'est une honte ! Avec des organes dans cet état, on devrait devenir centenaire ! Mourir comme ça, à leur âge, ça ne devrait pas être autorisé ! C'est scandaleux ! »

Cependant, il fallait bien trouver pourquoi ces

deux cadavres avaient désobéi et défié les lois de la physiologie.

Alors il effectua toutes sortes de prélèvements de liquides et de tissus, en espérant que les analyses des biologistes et des chimistes permettraient d'éclaircir au moins une partie de ce mystère.

Effectivement, trois jours plus tard la réponse d'un laboratoire arriva : leur sang, leur foie et quelques autres échantillons prélevés contenaient un forte concentration de *nicothoxame*, un puissant insecticide de nouvelle génération utilisé en agriculture.

À sa sortie d'une usine américaine, ce produit avait été présenté comme le traitement miracle capable d'éradiquer tous les parasites du maïs. Les agriculteurs l'avaient vite plébiscité tant il était efficace. Cependant on constata qu'après avoir pulvérisé le produit sur leurs champs, beaucoup de paysans étaient pris d'une étrange somnolence ; on rapporta même le cas de quelqu'un qui avait dormi trois jours d'affilée, et s'était réveillé sans aucun souvenir de ce qu'il avait fait avant.

On testa donc un peu plus sérieusement son innocuité ; aux États-Unis, on le déclara inoffensif, tandis qu'on l'interdisait en Europe ; les essais avaient montré qu'il pouvait tuer très rapidement les abeilles, et sans doute les gens un peu plus lentement. Mais sous la pression d'une organisation agricole, sa vente était à nouveau autorisée en France depuis un an.

Restait à savoir comment un tel poison avait pu intoxiquer Claire et Robert, car les champs de maïs sont plutôt rares dans les monts du Livradois, surtout du côté des Escures, à plus de huit cents mètres d'altitude.

Bien que la présence de cet insecticide dans le laboratoire où ils travaillaient parût totalement invraisemblable, on s'assura tout de même qu'il ne provenait pas de là ; on n'en trouva évidemment pas la moindre trace dans l'usine.

On analysa ensuite tous les aliments restés dans leur frigo, la bouteille d'eau gazeuse à moitié vide, la brique de jus de raisin entamée, la fourme et le saint-nectaire, les restes d'un poulet rôti, les emballages et les déchets alimentaires trouvés dans leur poubelle, tout ce qui avait pu entrer en contact avec leur nourriture ; pas la moindre trace de *nicothoxame*, sauf dans le marc de leur café.

Alors on pensa à l'eau du robinet, négligée jusque là : le réseau de distribution de la commune n'arrivait pas jusqu'à la Raze, à cause de la distance et du dénivelé ; la maison était donc alimentée par une des nombreuses sources présentes sur le plateau ; l'eau était stockée dans une citerne à demi enterrée sous une butte, au fond du jardin ; et cette eau, ils la buvaient dans leur café, ils l'utilisaient pour cuire leurs aliments et aussi pour préparer leur soupe.

Les enquêteurs ouvrirent la cuve ; l'eau était cristalline ; seule une odeur presque imperceptible pouvait la rendre suspecte. Ils en prélevèrent un échantillon pour la faire analyser.

Puis ils cherchèrent la source qui alimentait la cuve ; ils la trouvèrent assez rapidement, un peu plus haut, à une cinquantaine de mètres, en lisière de forêt. Tout près, on devinait une trace de pneus sur la mousse. Sur l'eau flottait un bidon en plastique bleu ; ils le récupérèrent avec précaution : il avait bien contenu du *nicothoxame*, et suffisamment pour traiter vingt hectares.

Quelqu'un les avait empoisonnés !

6

Jeudi 9 avril

Les analyses effectuées sur l'échantillon prélevé dans la cuve confirmèrent ce qu'on soupçonnait. Intoxiqués par l'eau qu'ils avaient bue et utilisée pour la cuisine, Claire et Robert avaient dû se sentir indisposés ; alors ils s'étaient couchés plus tôt que d'habitude, pensant regarder la télévision au lit avant de dormir ; ils s'étaient assez vite assoupis, et le *nicothoxame*, puissant neurotoxique, les avait tués dans leur sommeil.

Restait à trouver le mobile du crime. On s'intéressa donc à leur passé.

Claire Cordonnier était une enfant du pays. Née à la maternité d'Ambert en 1979, elle avait presque toujours vécu dans cette localité ; son père travaillait à Vertolaye, chez Roussel-Uclaf, et sa mère était employée à la sous-préfecture.

Elle aimait beaucoup cette petite ville où elle connaissait à peu près tout le monde ; ses camarades de l'école primaire entrèrent au collège avec elle, et la plupart l'accompagnèrent au lycée. Studieuse, passionnée par les études, elle ne négligeait pas le sport ; inscrite très jeune au club de natation, elle en était devenue une des meilleures nageuses et avait même remporté une compétition régionale.

Ses seules infidélités à Ambert étaient les vacances : elle montait au Monestier, chez sa grand-mère, et là elle pouvait parcourir la campagne des journées entières, accompagnée de l'épagneule Hirondelle, à écouter le chant des oiseaux ou des grillons, à chercher des girolles ou des bolets, ou simplement à sentir le vent soulever ses longs cheveux blonds. S'il pleuvait, elle prenait sur l'étagère un des livres d'Henri Pourrat que la vieille paysanne conservait précieusement ; et elle lisait et relisait, au point qu'elle les connaissait presque par cœur ; les jours suivants, au cours de ses longues randonnées, elle s'amusait à rechercher les lieux qu'il avait décrits. C'est sans doute pour cette raison que, quelques années plus tard, elle choisit d'habiter près des Escures.

Une fois son Bac en poche, Claire partit pour deux ans étudier à Lyon. Séduite par ce qu'elle appela au début l'animation de la grande ville, elle considéra assez vite que c'était plutôt de l'agitation un peu vaine, et elle s'en lassa ; aussi n'hésita-t-elle pas à revenir quand, son BTS de chimie en poche, on lui proposa un emploi chez Sanofi, qu'on appelait encore Uclaf, par habitude.

Elle loua à Ambert un petit appartement donnant d'un côté sur la campagne ; de la fenêtre de sa chambre, elle pouvait observer l'arrivée de la première neige à Pierre-sur-Haute, puis sa progression vers la vallée, jusqu'à son reflux qui précédait de peu l'éclosion des jonquilles printanières.

Elle retrouva quelques uns de ses amis d'enfance, recommença ses séances d'entraînement à la piscine, le ski de fond en hiver, s'essaya à la guitare. Elle eut une brève liaison avec un ancien camarade de lycée qui l'avait soutenue quand les devoirs de maths étaient devenus plus difficiles ; mais les études terminées, plus rien ne les rapprochait, leurs goûts étaient trop différents. Elle reprit sa liberté ; et on ne lui connut pas d'autre aventure avant sa rencontre avec Robert Wieck.

Il avait deux ans de plus qu'elle, et rien ne les prédestinait à se connaître.

Il était né en Allemagne, à Nörvenich, petite ville de Rhénanie ; ses parents tenaient l'unique brasserie d'Irresheim, un hameau de la commune ; on y servait une cuisine traditionnelle, simple, accompagnée de bière ou d'un petit vin blanc de Moselle ; les soirs d'été on y jouait du piano. Les clients y venaient souvent plus pour l'ambiance que pour le contenu de l'assiette.

C'est dans cette atmosphère joyeuse, festive, cette sensation de bien-être, cette *Gemütlichkeit* – mot qui amusait Claire tout en évoquant pour elle un monde un peu mystérieux qu'elle ne connaîtrait jamais – que Robert avait passé son enfance.

Mais, alors qu'il atteignait tout juste ses douze ans, ses parents étaient morts sur une autoroute, dans leur voiture écrasée par un poids lourd dont le chauffeur s'était assoupi.

Robert avait été confié à un vieil oncle, qui avait aussitôt décidé de l'envoyer dans un pensionnat à Düren. Il s'était alors plongé dans les études, seul expédient possible pour surmonter son chagrin et échapper à l'ennui de l'internat ; tout l'intéressait, l'anglais, le français, l'histoire, le sport, mais il avait une préférence pour les sciences ; si bien qu'à dix-huit ans, il opta pour une formation de technicien chimiste, qui lui garantirait un emploi dans sa région.

Effectivement, avec son diplôme, il trouva vite un travail à Francfort, dans une des gigantesques usines de la firme Hoechst.

Robert regretta assez rapidement son choix : à l'usine, on ne lui confiait que des tâches routinières, bien moins intéressantes que ce qu'il avait imaginé pendant ses études. Mais surtout certains insecticides qu'on y produisait étaient accusés par les apiculteurs de décimer leurs ruches ; conscient des problèmes liés à l'environnement, il souffrait de ces critiques comme si elles l'avaient visé personnellement. Aussi, quand Bayer racheta les activités agrochimiques du groupe, Robert choisit-il de passer dans la branche pharmaceutique, rebaptisée Aventis.

L'année suivante, celle-ci fut à son tour rachetée par Sanofi, et on réorganisa le laboratoire dans lequel il travaillait. Il dut à nouveau étudier les offres de mutation qu'on lui présentait ; comme il parlait assez bien le français, il n'hésita pas longtemps quand on lui proposa un poste apparemment plus intéressant en Auvergne, avec des responsabilités qu'il n'avait pas eues jusque là ; c'était un saut dans l'inconnu, mais plus rien ne l'attachait vraiment à son pays natal.

C'est ainsi qu'il débarqua à Vertolaye un matin d'avril ; il n'avait pas imaginé la France sous cet angle, et à sa déception se mêla bientôt de l'inquiétude : qu'allait-il devenir dans un coin aussi perdu, loin de tout ? Heureusement, c'était le printemps, et la beauté de la nature rendit ses premières semaines supportables ; le travail aussi était plus passionnant qu'auparavant ; et il eut vite fait de remarquer que deux ou trois jeunes laborantines n'étaient pas insensibles à ses yeux bleus et à ses cheveux blonds.

L'une d'elles, à l'air effronté, lui proposa bientôt une sortie en discothèque, à Thiers ; mais il n'appréciait pas beaucoup la musique qu'on entend généralement dans les boîtes de nuit, et il déclina l'invitation, prétextant n'être pas libre ce soir-là ; son refus ne trompa personne ; vexée, elle le jugea hautain et prétentieux.

Pourtant, au travail, on l'appréciait ; si on le lui demandait, il était toujours prêt à rendre un service ou à donner un coup de main aux employés placés sous ses ordres ; et lui-même n'hésitait pas à leur demander des précisions sur les techniques qu'il ne maîtrisait pas encore. Claire trouvait toujours le temps nécessaire pour tout lui expliquer. Bientôt, ils prirent l'habitude de s'attendre pour aller manger ensemble au restaurant de l'usine ; ils parlaient de leur enfance, de leurs goûts, de leurs projets ; et quand Claire l'invita à une randonnée avec des amis, sur les crêtes du Forez, jusqu'à la jasserie du *Coq Noir*, il accepta.

À partir de ce jour, on les vit de plus en plus souvent ensemble ; il se mit à la natation, elle apprit à courir ; à l'automne, elle lui montrait où chercher les cèpes dans les bois de Champetières, puis ils allaient déguster des cuisses de grenouilles ou des pieds de cochon au Chambon-sur-Dolore ; l'hiver, ils montaient au col des Pradeaux avec leurs raquettes ou leurs skis de fond.

Au printemps suivant, il vint habiter chez elle. Ils étaient un peu à l'étroit dans cet appartement ; et ils rêvaient d'une maison ouverte sur la campagne, et assez grande pour abriter leurs futurs enfants. Alors ils décidèrent de la faire construire sur un terrain dont elle avait hérité, à la Raze, près du Monestier.

Ils s'y installèrent avec enthousiasme. Mais au bout de deux années leur bonheur fut assombri quand, après d'interminables examens, un médecin leur confirma qu'ils ne pourraient pas avoir d'enfants. Alors ils entreprirent de longues démarches pour en adopter ; malheureusement, leurs espoirs furent anéantis par la nouvelle législation : le bébé colombien qu'on leur avait promis n'obtiendrait jamais l'autorisation de venir en France. Ils avaient tout juste surmonté cette nouvelle déception quand on les trouva empoisonnés.

Une découverte inattendue mit fin plus tôt que prévu à l'enquête des gendarmes de Saint-Amant. Sur le bidon de *nicothoxame* retrouvé près de la source, on releva des empreintes, probablement laissées par les doigts qui serraient le goulot pendant que l'autre main dévissait le bouchon ; elles furent analysées ; c'étaient les mêmes que celles trouvées sur le manche du couteau ensanglanté du *mas* de Chantemule !

Le procureur se déplaça ; il décida de confier cette seconde enquête à la gendarmerie d'Ambert, déjà chargée de la première ; et c'est naturellement au lieutenant Biasse qu'incomba la tâche de démasquer le tueur en série.

Un *serial killer* ! En Auvergne ! Alors qu'on venait tout juste de rétablir la peine de mort !

Le soir même, la présentatrice du *20 Heures* de TF1 ouvrit le journal en parodiant, peut-être involontairement, un de ses devanciers :

« Bonsoir. L'Auvergne a peur. Oui, l'Auvergne a peur et nous avons peur. »

Comme on n'avait encore aucune image à diffuser, on montra à l'écran une carte – le Cantal au lieu du Puy-de-Dôme – pendant qu'elle détaillait longuement ce qu'on savait sur les deux couples assassinés, c'est-à-dire peu de chose. Elle promit un reportage complet pour le lendemain ; des envoyés spéciaux étaient en route pour Ambert.

Puis elle se tourna vers l'invité du jour, un ancien président de la République :

« Bonsoir Monsieur Sarkozy.

– Bonsoir Madame.

– Avant d'aborder le sujet qui intéresse les Français, votre candidature à l'élection présidentielle de 2022, pouvez-vous, en deux mots, nous donner votre sentiment sur l'affaire que nous venons d'évoquer ?

– Naturellement ! Euh... Oui, les Français ont peur. Et malheureusement, ils ont raison d'avoir peur... Pendant cinq ans, madame Taubira n'a eu qu'une seule idée en tête : instrumentaliser la Justice pour me déshonorer ! Alors, forcément, on n'avait pas le temps de s'occuper des assassins ! Ou alors c'était pour leur trouver toutes sortes de bonnes excuses et les faire sortir de prison !

– ...

– Si, si ! Vous le savez très bien ! Ne dites pas le contraire ! On se préoccupait plus du confort des délinquants que du sort des victimes. Et que pouvaient faire les policiers face au laxisme des magistrats ? Hein ? Ils arrêtaient un malfaiteur, et deux heures après ils le retrouvaient dans la rue ! Eh bien, on voit le résultat de cette politique ! Si on avait gardé en prison celui qui sème la terreur en Auvergne, aujourd'hui les quatre victimes seraient encore en vie et...

– Pardon, mais les empreintes qu'il a laissées sont celles d'un inconnu, pas d'un récidiviste...

– Cessez de m'interrompre tout le temps ! C'est pénible à la fin ! Vous m'avez invité, alors laissez-moi parler ! ... Oui, le laxisme, tout vient de là ! Ah ! les belles idées de mai 68... Eh bien ! un jour, tout ça, on le paie !

– Mais depuis trois ans, ce n'est plus la gauche qui gouverne.

– Oui, bien sûr, mais c'est encore pire maintenant ! Vous croyez que l'acharnement judiciaire dont je suis victime a cessé ? Et pour le reste, le gouvernement actuel est composé d'amateurs... Ils font de beaux discours, ils votent de belles lois, mais sur le terrain, y a personne ! Vous l'avez vu, vous, à Ambert, le ministre de l'Intérieur ? Les gendarmes ont qu'à se débrouiller tout seuls ! Moi, quand j'étais ministre de l'Intérieur, j'allais rencontrer les gens ; on me voyait tous les jours sur le terrain. Mes adversaires ne se sont d'ailleurs pas privés de me le reprocher.

– Alors, aujourd'hui, quels conseils donneriez-vous au ministre de l'Intérieur ?

– Il faut plus de professionnalisme, et ne pas hésiter à faire appel aux techniques modernes. Si on avait obligé toutes les communes à s'équiper de caméras de vidéosurveillance, on aurait évité ces monstrueux assassinats.

– Des caméras de vidéosurveillance ? En pleine campagne ? Vous croyez vraiment...

– Euh... Voyons, Madame, ne faites pas la naïve ! C'était juste un exemple, vous le savez très bien ! Il y a beaucoup d'autres techniques. Nous ne sommes quand même plus au $20^{\text{ème}}$ siècle, il faut savoir évoluer et s'adapter à notre époque ; sinon à quoi ça sert, le progrès ? Il faut trouver des idées nouvelles pour arrêter ce monstre. C'est une nécessité, ou alors il va recommencer !

– Oui ? Permettez-moi de vous reposer la question autrement. Si aujourd'hui vous étiez ministre de l'Intérieur, quelles mesures prendriez-vous, vous-même, concrètement, pour faire cesser cette série de meurtres ?

– Mais je viens justement de vous le dire ! Il faut s'adapter à notre époque, vivre avec son temps, être moderne, positif ; c'est quand même pas bien difficile, non ? Mais au lieu de ça, le ministre se contente de prononcer de beaux discours ! Alors forcément... »

7

Dimanche 12 avril

À l'heure de l'apéritif, comme tous les dimanches matins, les habitués du *Square* se pressaient devant le comptoir ; ils étaient même un peu plus nombreux que d'habitude. La veille, l'ASM avait écrasé Toulon, mais personne ne commentait le match de rugby ; on ne parlait que de ce mystérieux assassin et on se demandait qui serait sa prochaine victime.

« Vous avez vu ? Vendredi, il y a eu tout un reportage sur TF1, au *20 Heures* !

– Oui, et ils ont même interviewé ma tante Germaine, du Monestier, elle qui était très amie avec les grands-parents de Claire. La pauvre, elle en pleurait tellement qu'elle n'a pas réussi à dire un seul mot.

– Ma femme aussi s'est mise à pleurer en la voyant à la télé.

– D'après les journalistes, ça serait peut-être le fou du Puy, celui qui s'est évadé de l'hôpital un peu avant Noël.

– Ça m'étonnerait ! Un fou, peut-être, mais qui connaît bien la région et...

– Pas besoin de connaître le coin ! C'est facile de repérer les maisons isolées, où il ne risque pas d'être dérangé par les voisins.

– D'accord, mais moi je suis sûr qu'il ne frappe pas au hasard : les Simonne étaient bouchers, et il les a saignés comme des cochons ; Claire et son copain étaient chimistes, et il les a empoisonnés comme des taupins. »

La plupart avaient déjà relevé ces coïncidences, et ils approuvèrent.

« Enfin, tant qu'il ne s'en prend pas à des Français...

– Mais Claire ? Elle était française, non ?

– Oui, mais son copain, il était allemand ! »

Cela encore, tout le monde l'avait déjà remarqué ; des Belges, un Allemand... Mais comme les étrangers étaient nombreux à vivre dans les environs, c'était peut-être un hasard.

« Et puis, vous avez vu les dates ? Le 1er mars, le 1er avril... il va recommencer le 1er mai !

– Peut-être bien ! Les Anglais ont intérêt à se planquer, lança en éclatant de rire Mickaël Buonarroti qui n'était pas intervenu jusque là.

– Les Anglais ? Pourquoi ?

– Ben... le 1er mai, c'est la fête de Jeanne d'Arc ! » répondit-il fier de sa trouvaille.

Mais l'arrivée inopinée du député André Chassaigne imposa le silence.

Il habitait à Saint-Amant-Roche-Savine, à une douzaine de kilomètres, et lui aussi venait aux nouvelles.

Il repéra immédiatement Buonarroti, qui tentait régulièrement de perturber ses réunions politiques. Mais *Notre Grand Dédé*, comme le surnommaient affectueusement les Ambertois, n'était pas homme à se laisser marcher sur les pieds ; l'occasion était trop bonne, il n'allait pas se priver d'une petite revanche. Il se planta devant Mickaël, qu'il dominait d'une bonne trentaine de centimètres, en le regardant droit dans les yeux :

« Bravo ! Aucun crime dans le coin depuis des années ; et puis vos amis arrivent au pouvoir, et quatre meurtres d'un coup ! On se sent vraiment en sécurité maintenant ! »

Buonarroti avait pâli, et il ne trouva rien à répondre. Il fanfaronnait quand personne n'osait lui tenir tête ; mais on lui rappelait soudain qu'ici il était peut-être minoritaire ; car le Puy-de-Dôme résistait.

Lors des primaires de la droite, à l'automne 2016, les sondages avaient tous prévu une courte victoire d'Alain Juppé ; mais la présence de dernière minute de deux candidats quasi inconnus, se revendiquant du centre, permit à Nicolas Sarkozy, patron de *Les Républicains*, de l'emporter ; il triomphait, sûr de gagner au second tour, que ce soit contre Marine Le Pen ou contre François Hollande. Ce fut pourtant une victoire à la Pyrrhus, car ses manœuvres lui firent perdre définitivement le soutien des modérés de son camp.

Pour le premier tour de l'élection présidentielle de mai 2017, on s'attendait à des scores très serrés à cause de la multiplicité des candidatures. Comme c'était prévisible, Marine Le Pen arriva en tête, avec 27 % des voix, tandis que Nicolas Sarkozy en obtenait 23 %. Mais la plupart des partisans de Juppé, ainsi qu'un certain nombre de socialistes et d'écologistes écœurés par les divisions de la gauche, permirent à François Bayrou d'atteindre 24 % ! Sidéré, Sarkozy ne put que bégayer « ni... ni... », « ni... ni... » ; ce que *le Canard Enchaîné* résuma par cette allusion ironique le mercredi suivant :

NI-NI... NI-NI... IL VA POUVOIR SE REPOSER !

IL EST CREVÉ, LE BÈGUE !

Pour le second tour, les sondages étaient indécis. L'abstention augmenta un peu ; beaucoup d'électeurs de gauche se résignèrent à voter pour François Bayrou ; cependant, la plupart de ceux qui avaient voté pour Nicolas Sarkozy, se moquant des consignes de leur favori, donnèrent leur voix à Marine Le Pen, si bien qu'elle l'emporta avec 50,8 % des suffrages. C'était peu, mais elle tenait le pouvoir pour cinq ans.

Les législatives devaient suivre dans la foulée ; un *Rassemblement Démocratique* se constitua, allant des héritiers du gaullisme aux communistes ; quelques anciens se souvinrent avec nostalgie de l'automne 1945. Mais Ni-Ni-Colas – car tel était désormais son surnom – refusa de s'y associer ; sentant le vent tourner, plusieurs de ses amis se rallièrent à l'extrême-droite, sous prétexte de pragmatisme.

Comme on pouvait s'y attendre, ces élections confirmèrent le résultat de la présidentielle ; le *Front National* rafla 363 circonscriptions ; le *Rassemblement Démocratique* en sauva 205 ; et le groupe *Les Républicains* compta moins d'une dizaine d'élus.

Cependant la vague bleu marine n'avait pas atteint Ambert, qui était restée fidèle à son député.

Lui aussi était venu au *Square* dans l'espoir d'en apprendre un peu plus sur ce qui était arrivé près des Escures ; mais on ne put que lui répéter ce qu'il savait déjà ; aussi ne s'attarda-t-il pas très longtemps.

Dès que son adversaire eut quitté le café, Mickaël, qui s'était fait discret, tenta de reconquérir son public.

« Il peut bien dire, mais tout ça, c'est de sa faute, à lui et à ses copains ! Pendant des années, ils ont fait du désarmement pénal ; et vous voyez le résultat ! Heureusement, maintenant, nous, on va faire du réarmement pénal ! » lança-t-il très fier de lui, alors qu'il ne faisait que répéter un slogan rabâché régulièrement par la radio périphérique qui servait de fond sonore à sa boutique.

Mais sa remarque ne produisit pas l'effet escompté.

« Réarmement pénal ! Arrête tes conneries ! Ça ne veut rien dire ! Tu crois vraiment qu'on va gober tes formules creuses ? Est-ce que par hasard tu nous prendrais pour des débiles ?

– C'est vrai, ça ! Vous aussi, vous parlez, vous

parlez ! Ah ! pour faire des promesses, vous êtes très forts ! Mais quand on voit le résultat... »

Cette dernière remarque surprit tout le monde, car elle venait de Thomas Micaulot, qui avait été un des soutiens les plus actifs de Buonarroti lors des élections de 2017.

« Il a raison, vous promettez, mais vous en faites encore moins que les autres. L'assassin doit bien se marrer en vous écoutant », ajouta le Père Blaise, un vieillard qu'on n'entendait pas beaucoup, toujours perdu dans ses pensées.

Buonarroti était stupéfait ; pour la première fois depuis longtemps, on osait lui tenir tête. Il pensait pourtant bien connaître les habitués du bar ; ils trinquaient ensemble les dimanches matins, et même, avec quelques uns, tous les jours.

Et depuis le début des événements, c'est-à-dire à peu près un mois, ils étaient nombreux à fréquenter son magasin. L'inquiétude provoquée par le premier assassinat se mua en peur à la suite du second ; et comme la réglementation était plus souple, tout le monde voulait une arme pour se défendre : il suffisait de présenter un permis de chasse pour acheter un fusil à pompe ou un Beretta ; et pour obtenir le permis, on demandait juste une carte d'identité et un chèque de 800 francs ; si bien que le chiffre d'affaire de l'armurerie avait doublé en quelques semaines, et que deux chiens avaient déjà succombé sous les balles tirées au hasard, dans la nuit, par leur maître.

Mickaël attribua cette hostilité inattendue à l'énervement causé par les événements récents. Il devait absolument reprendre le contrôle de la situation. Quand il préparait les élections de 2017, on lui avait expliqué qu'en cas de difficulté, il fallait orienter la conversation vers un autre sujet ; il crut donc trouver une parade :

« Vous ne pouvez pas dire que le gouvernement ne fait rien ; regardez dans les rues, il y a quand même moins de Turcs qu'avant !

– Moi, ils ne me dérangeaient pas beaucoup. Et il n'étaient pas si nombreux que ça.

– Ah oui, vous avez fait du beau travail ! intervint un petit vieux qu'on n'entendait pas souvent. Et mes loyers ? Qu'est-ce que je vais devenir quand ils seront tous partis ? C'est toi qui vas me les payer, mes loyers ? »

C'était un ancien artisan menuisier qui, pour se constituer une retraite, avait placé toutes ses économies dans la pierre ; en quarante ans il avait pu acheter pour presque rien une quinzaine d'anciennes maisons du centre-ville ; il avait beaucoup travaillé pour les remettre en état, et maintenant il les louait, pas très cher, à des familles modestes, souvent immigrées. Mais depuis deux ans, ces locataires, effrayés par les discours et les agressions qui les menaçaient, préféraient quitter la France ; l'Allemagne à la population vieillissante avait besoin de main-d'œuvre, et elle les accueillait à bras ouverts. De sorte que ce brave menuisier voyait sa retraite fondre de mois en mois.

Quant à revendre ces immeubles, inutile d'y songer. Les acquéreurs devaient emprunter à des taux qu'on n'avait plus connus depuis trente ans ; à plus de 9 % par an, rares étaient ceux qui osaient franchir le pas. De plus, les familles immigrées qui avaient fait construire ou rénover une maison voulaient s'en défaire très vite avant de partir, et elles bradaient les prix ; cette baisse incitait les acheteurs à attendre davantage. C'était un cercle vicieux, si bien que depuis quelques mois, à Ambert comme dans tout le pays, le marché immobilier s'effondrait ; une des deux agences de la ville venait d'ailleurs de fermer.

« T'as raison Jean-Pierre, ils vont tous nous mettre sur la paille ; mon fils, il se retrouve au chômage partiel ; il paraît que sa boîte n'a plus assez de commandes depuis qu'ils ont perdu les clients allemands et italiens.

– Le mien, il n'a plus de boulot depuis six mois, et il n'arrive toujours pas à s'inscrire au chômage ; on lui demande sans arrêt de nouveaux papiers !

– Ça va s'arranger ; le gouvernement a promis de renvoyer les femmes à la maison pour laisser le travail aux hommes.

– Ouais ! Eh bien moi, ma belle-fille qui travaille chez Carrefour dit qu'il y a moins de clients qu'avant, et qu'ils repartent avec des chariots presque vides ; elle est inquiète, vu qu'on parle de licencier des caissières.

– Normal qu'on fasse attention avant d'acheter ! Après les impôts, c'est la TVA qui va encore augmenter ! Et vous avez vu le prix de l'essence ? Maintenant, je remplis mon réservoir à moitié, et la voiture reste souvent au garage.

– Ben moi, je ne risque pas de le remplir, le réservoir de ma Golf. Le garagiste a commandé les pièces en Allemagne il y a trois semaines, et elles n'arrivent toujours pas ; et pourtant il a fallu les payer d'avance !

– C'est toujours les petits qui trinquent... »

Buonarroti, qui se sentait de plus en plus mal à l'aise devant la tournure que prenait la discussion, rebondit sur cette remarque :

« Oh mais non ! Les gros paient aussi ! On s'attaque enfin à la finance, aux actionnaires ! Vous écoutez les infos, non ? »

Effectivement, tout le monde savait que sur ce point il n'avait pas tort : depuis plusieurs mois, on répétait à la radio que la Bourse de Paris baissait ; les bénéfices des entreprises, privées de leur marché européen, avaient fondu ; ceux des banques étaient minés par l'inflation ; et *L'Express* venait de publier un reportage impressionnant sur une vingtaine de suicides de gros spéculateurs ruinés par l'effondrement des cours.

« Ceux-là, ils l'ont bien cherché !

– On ne va quand même pas les plaindre ! »

Mickaël comprit qu'il avait retourné la situation à son avantage.

« Il faut faire confiance à la présidente : les financiers, les étrangers, les criminels, les fraudeurs, on ne peut pas tout régler d'un seul coup ; mais on a promis de remettre de l'ordre dans le pays, on y arrivera. »

8

Mardi 28 avril

Le capitaine Labroche, à la tête de la gendarmerie d'Ambert, avait convoqué toute son escouade pour 10 heures. Officiellement, l'objet de cette réunion était de préparer les cérémonies publiques du 1er mai, fête de Jeanne d'Arc ; mais les gendarmes avaient tous deviné qu'il serait surtout question des mesures à prendre pour éviter un nouveau crime, que beaucoup redoutaient pour ce jour-là.

À l'heure dite, toute la brigade était rassemblée dans la grande salle de réunion, et on n'attendait plus que le capitaine ; or celui-ci, d'habitude d'une ponctualité exemplaire, n'arrivait pas. On commençait à se poser des questions en chuchotant, quand l'adjudant dit :

« Un peu de patience, voyons ! Il ne va sûrement pas tarder à revenir.

– Il est sorti ? Vous savez où il est allé ? » demanda le lieutenant Biasse.

L'adjudant fut obligé de s'expliquer :

« Comme d'habitude, à neuf heures et quart, je lui ai apporté le courrier que le facteur venait de déposer ; j'ai vu une enveloppe qui provenait de sa banque ; quand il l'a ouverte, il s'est mis à pousser des jurons, et il m'a dit qu'il allait trouver le directeur sur-le-champ. Il est parti furieux. C'est tout ce que je sais. Mais ça fait maintenant près d'une heure, il ne devrait par tarder à revenir. »

Il fallut patienter encore une bonne dizaine de minutes. Enfin le capitaine apparut, essoufflé, le visage écarlate, les yeux exorbités, brandissant un papier à la main.

« Ah ! Le salaud ! Le salaud ! bredouillait-il en suffoquant. Le salaud ! »

Pensant qu'il allait se sentir mal, un gendarme se précipita pour le soutenir, mais le capitaine, se débattant comme un fou, le repoussa et l'envoya rouler par terre ; il fallut le renfort de deux hommes pour le conduire jusqu'à sa chaise et le faire asseoir. On alla lui chercher un verre d'eau, on le força à en avaler quelques gorgées, et il sembla retrouver un peu ses esprits.

« Ça va mieux, mon capitaine ? » demanda le lieutenant Biasse.

Mais la question ne fit que raviver l'irritation du capitaine :

« Ah ! Le salaud ! Vous savez ce qu'il a osé me dire ? Il m'a traité de capitaliste ! Oui, le salaud ! Il m'a traité d'actionnaire ! Mais il me le paiera ! »

Quand le capitaine avait ouvert l'enveloppe provenant de sa banque, il y avait trouvé, avec près de trois mois de retard, le relevé annuel de son assurance-vie, sur laquelle il plaçait la plus grande partie de ses modestes économies de fonctionnaire. Depuis qu'il avait signé le contrat, ce placement lui rapportait chaque année grosso modo de 4 à 6 %, nettement plus qu'un livret d'épargne. Mais cette année, il découvrait avec horreur qu'il avait perdu près de 15 % ! Il s'y attendait si peu qu'il crut à une erreur, et il voulut obtenir immédiatement une rectification, ainsi que des excuses du directeur de la banque.

Quand celui-ci le vit arriver furieux à l'agence, il le fit entrer rapidement dans son bureau, afin d'éviter un scandale ; depuis deux semaines, il avait déjà reçu plusieurs clients venus pour le même motif, aussi il savait comment s'y prendre.

Il le laissa parler tant qu'il voulut, examinant le papier d'un air étonné, faisant semblant de l'écouter avec attention tout en vérifiant des chiffres sur son ordinateur ; en réalité, il consultait le dossier de son visiteur. Puis quand le capitaine se fut un peu calmé, le banquier commença son explication qui était maintenant bien rodée :

« Vous avez souscrit cette assurance-vie il y a huit ans, n'est-ce pas ? À l'époque, vous nous aviez demandé un rendement un peu plus intéressant que celui proposé par nos concurrents, si j'ai bonne mémoire. Vous aviez donc choisi un contrat multisupport en unités de compte, qui rapportait autour de 6 %, c'est bien ça ? »

Le capitaine ne pouvait qu'acquiescer de la tête ; pas très rassuré, il attendait la suite.

« Vous vous souvenez sans doute qu'à l'époque les prêts immobiliers étaient à moins de 4 % l'an ?

– Peut-être bien, je n'en sais rien ; mais quel rapport avec mon contrat ?

– Vous comprenez bien que ce n'est pas en prêtant votre argent à 4 % à nos emprunteurs que la banque pouvait vous garantir du 6 % ?

– Oui, évidemment, mais vous savez où le placer, vous ! Vous êtes banquier, non ? »

Le directeur sourit :

« Bien sûr que nous savons le faire. Mais si nous voulons offrir un rendement élevé à nos clients, nous n'avons pas trente-six solutions : il faut investir une partie de leur argent en bourse, acheter des actions ! Toutes les banques le font, les assureurs aussi, et certainement votre caisse de retraite complémentaire et votre mutuelle aussi, si elles sont bien gérées. »

Il marqua une pause avant de conclure :

« On vous l'a forcément dit quand vous avez signé le contrat. Vous l'aviez peut-être oublié tant que tout allait bien, mais vous êtes un actionnaire ! Indirectement au moins, comme d'ailleurs la plupart des Français, même s'ils l'ignorent généralement ! Et si maintenant la Bourse de Paris s'effondre, c'est parce que les fonds américains et européens n'investissent plus en France, ils n'ont plus confiance. Et ce n'est pas la peine que je vous explique pourquoi, vous le savez aussi bien que moi. Nous, nous n'y pouvons rien. »

Le capitaine avait du mal à l'admettre : ainsi, il serait lui-même victime de la chute de la bourse qui l'avait beaucoup amusé quelques mois plus tôt ? Plus habitué à la rigidité du droit qu'aux subtilités de l'économie, il allait avoir besoin de temps pour assimiler les explications du banquier. Il s'en alla toujours aussi furieux et regagna la gendarmerie où tout le monde l'attendait.

Incapable de prendre lui-même la parole, il fit un signe au sous-officier qui l'avait aidé à préparer la réunion et lui tendit une feuille ; alors celui-ci commença à lire ses notes.

Comme annoncé, il fut d'abord question de la cérémonie du 1er mai. Les consignes venues du ministère étaient parfaitement claires : il fallait montrer à la population la force et l'unité de la nation et de ses institutions ; donc à dix heures, tous les gendarmes, sans exception, devaient se rendre à l'église Saint-Jean pour la messe célébrée en l'honneur de Jeanne d'Arc ; ensuite, ils défileraient jusqu'au monument aux morts, derrière les anciens combattants d'AFN ; et après le discours du sous-préfet, ils iraient déposer une gerbe devant la statue de la Pucelle qu'on avait érigée en toute hâte dans le Jardin Chabrier. Ce cérémonial, qui se déroulerait au même moment dans toutes les villes de France, serait terminé vers midi.

Un gendarme s'insurgea :

« Mais c'est absurde ! D'abord, moi, je ne suis pas catholique. Et surtout, si nous sommes tous là-bas, pendant deux heures les voyous auront le champ libre pour faire tout ce qu'ils veulent ! »

Il avait bien pris garde de ne pas prononcer le mot "assassin".

« Je le sais bien, soupira le capitaine, qui se

remettait peu à peu. Mais quand je l'ai fait remarquer en haut-lieu, on m'a répondu que si je ne voulais pas exécuter les ordres, je pouvais remettre ma démission. C'est valable pour vous aussi ! »

Cette réponse les laissa perplexes, et il y eut un long moment de silence.

Enfin, il fallut aborder le sujet qui les préoccupait tous, mais que personne n'osait évoquer ; le capitaine, redevenu maître de lui, se lança :

« Lieutenant Biasse, votre enquête piétine ; le procureur s'impatiente ; avez-vous du nouveau ?

– Mon capitaine, personne n'a rien vu, personne n'a rien entendu. Les seuls indices matériels que nous possédions, ce sont des empreintes digitales et un peu d'ADN ; et ils appartiennent à un inconnu. Faut-il convoquer tous les habitants de l'arrondissement pour vérification ?

– Gardez votre humour pour vous ! Il n'y a pas que les indices matériels ! Le passé des victimes ? Vous y avez vraiment pensé ? Vous l'avez fouillé sérieusement ? Rien de bizarre ?

– Rien, des gens sans histoires...

– Bien sûr ! Des anges ! Eh bien non ! Je les connais, moi, les innocents aux mains sales. Comme l'a dit le colonel..., euh ! ... enfin, son nom me reviendra plus tard : "Un innocent, c'est un coupable qui n'a pas encore avoué" !

– Ceux de Chantemule ont passé toute leur vie dans leur boutique ; et ceux de la Raze ont juste participé à deux ou trois manifestations avec les écolos ; je cherche qui pourrait leur en vouloir pour ça au point de les tuer. Mais si c'est un fou qui frappe au hasard, comme je le crois plutôt, il finira bien par commettre une erreur...

– Alors vous attendez le prochain crime ? Sans doute le 1er mai ? Je ne vous savais pas superstitieux au point de gober toutes ces bêtises qui circulent en ville. Mais si vous croyez vraiment qu'il va essayer de recommencer vendredi, alors comment comptez-vous l'en empêcher ?

– À vrai dire, je ne suis sûr de rien ; mais à supposer qu'il y ait une logique dans son comportement, il vaudrait mieux demander à tous les étrangers installés dans la région de se tenir sur leurs gardes pendant quelques jours...

– Et vous avez l'intention de leur envoyer un courrier pour les avertir ? Et pourquoi pas les journaux, la radio et la télé pendant que vous y êtes ? Quelle panique vous allez semer ! »

Il réfléchit quelques secondes, hésita, puis il annonça :

« Non, nous allons simplement renforcer les patrouilles autour des hameaux et des maisons où ils vivent ; et quand vous les rencontrerez, prévenez-les, discrètement. Mais encore une fois, moi, je ne crois pas à toutes ces foutaises ! »

Le gendarme Van Rijn, arrivé depuis peu de Dunkerque, fut chargé de recenser tous les lieux où résidaient des étrangers, et de déterminer l'itinéraire que devrait suivre la ronde de nuit pour mieux les surveiller.

À la fin de la réunion, le capitaine demanda à deux de ses hommes de rester ; il savait qu'ils étaient particulièrement discrets, et il avait une tâche délicate à leur confier :

« Hier, j'ai vu le sous-préfet. Il a reçu des ordres d'en-haut : il faut surveiller discrètement Buonarroti ; à force de crier partout qu'il veut chasser tous les étrangers, il a fini par se faire remarquer ; des bruits circulent en ville ; et si jamais c'était lui l'assassin, certains journaux ne se gêneraient pas pour rejeter la faute sur ses amis politiques. Donc à partir de maintenant, je veux savoir heure par heure où il est et ce qu'il fait. La Clio blanche qu'un de vous a verbalisée ce matin, près du portail, c'est moi qui l'ai louée ; voici les clés ; suivez Buonarroti s'il quitte la ville ; sans uniformes, évidemment ! »

Puis il leur tendit une feuille.

« Voici les instructions qui vous permettront de localiser son portable. Organisez-vous comme vous voulez, mais soyez discrets et efficaces. »

Même si rien n'avait filtré des mesures prises au cours de la réunion, la population remarqua assez vite la présence plus importante de voitures bleu nuit sur les routes, et même sur des chemins où elles ne s'aventuraient pas d'ordinaire. Et loin de la rassurer, cela confirma que la menace d'un nouveau crime était bien réelle.

Des rumeurs inquiétantes commençaient à circuler, et on se méfiait de tout le monde. Les nuits surtout, dans les hameaux isolés, chacun guettait le moindre bruit ; dès qu'un véhicule approchait, l'angoisse montait, devenait insupportable, jusqu'au moment où il s'éloignait en direction d'un autre village ; mais le sommeil tardait à revenir.

Enfin le jour tant redouté arriva ; les cérémonies officielles attirèrent peu de monde, la plupart des familles préférant se terrer dans leur maison, malgré le ciel bleu, le soleil resplendissant et la température déjà estivale.

Les gendarmes étaient sur le qui-vive, surveillant le téléphone. Mais il ne sonna que deux fois : sur une route de campagne, près de Marsac, une voiture avait raté un virage et était tombée vingt mètres en contrebas, blessant très grièvement ses deux occupants ; et à Saint-Martin, une famille, cloîtrée chez elle, n'avait pas voulu renoncer au barbecue initialement prévu au fond du jardin ; ils l'avaient allumé dans la cuisine, et ils avaient failli tous s'asphyxier.

9

Lundi 4 mai

La presse à sensations avait très vite compris le bénéfice qu'elle pouvait tirer des événements qui se déroulaient autour d'Ambert. Depuis quelques semaines, la plupart des magazines étalaient en couverture des visages terrorisés, prétendument auvergnats ; quelques esprits grincheux affirmaient que certaines de ces photos étaient tirées d'une vieille série télévisée anglaise. D'autres journaux n'hésitaient pas à afficher d'effrayants portraits-robots du tueur, bizarrement tous différents, assurant les avoir obtenus de sources très proches de l'enquête, qu'ils ne pouvaient évidemment pas révéler.

Dans *le Figaro Magazine*, Nicolas Sarkozy s'en prenait violemment à l'inertie du gouvernement, et promettait la fin du laxisme et de l'impunité après les élections de 2022.

Une grande chaîne de télévision nationale avait, quant à elle, soigneusement mis en scène le prochain crime, qu'elle pronostiquait pour le 1er mai. La semaine précédente, une équipe de reporters avait sillonné le canton, et chaque bulletin d'information avait présenté des images de hameaux isolés filmés dans la brume matinale ou à la tombée de la nuit, accompagnées d'un fond musical angoissant. On n'avait montré que de rares habitants toujours pressés de se réfugier dans leur maison ; mais on avait exhibé régulièrement un vieux bûcheron édenté à la mine inquiétante, filmé en contre-plongée, et qui tenait des propos extrêmement confus.

On avait ainsi tenu en haleine un public avide de sensations fortes ; toutefois on avait pris soin de le réconforter en le gavant de spots publicitaires pour des pizzas surgelées ou du Coca-Cola.

La chaîne avait même organisé une opération extrêmement rentable : on pouvait appeler un numéro de téléphone, naturellement surtaxé, et parier sur l'heure et le lieu du crime ; le vainqueur gagnerait une journée à Euro-Disney et son poids en crèmes glacées. Le standard avait disjoncté plusieurs fois tant les appels étaient nombreux.

Aussi, le lundi matin, le présentateur du premier bulletin d'informations avait-il beaucoup de mal à cacher sa déception quand il ouvrit le journal par cette annonce étonnante :

Notre premier reportage nous conduira à Ambert, où il n'est rien arrivé ce week-end !

Après quoi un des envoyés spéciaux, lui aussi visiblement contrarié, expliqua que l'assassin avait dû être dérangé par la présence inhabituelle des journalistes et des forces de l'ordre près du lieu où il voulait commettre son forfait. Mais le reporter se voulait rassurant : ce n'était que partie remise !

Cependant, devant l'absence du scoop tant

attendu, l'équipe de journalistes et de techniciens fut priée de rentrer à Paris. Or pendant qu'elle regagnait la capitale, une série de nouvelles imprévues vint contredire les commentaires du matin.

On apprit d'abord que la passagère de la voiture accidentée le vendredi près de Marsac n'avait pas survécu ; vu l'état dans lequel elle était arrivée à l'hôpital, ce n'était pas vraiment une surprise.

Un peu plus tard, l'expert chargé d'examiner le véhicule annonça qu'il avait été saboté : on avait très légèrement desserré la vis de purge du maître-cylindre, si bien qu'un peu de *lockheed* s'en échappait chaque fois que le conducteur voulait freiner ; la quatrième ou cinquième fois qu'il avait appuyé sur la pédale, les freins n'avaient plus répondu, et la voiture avait quitté la route dans un virage, juste au-dessus de Chadernolles.

Il était formel, la vis n'avait pas pu se desserrer sans l'intervention de quelqu'un ; donc ce qu'on avait d'abord pris pour un simple accident était en réalité un meurtre délibéré !

La voiture, une vieille Méhari, fut alors examinée de plus près par les enquêteurs. Ils découvrirent sur la coque en plastique plusieurs traces de *lockheed*, ce qui confirmait les conclusions de l'expert ; et la plupart de ces taches étaient des marques de doigts, comme si le saboteur avait voulu signer son crime de ses empreintes.

On s'empressa de les relever et on attendit le résultat de leur analyse. Quand on apprit qu'il s'agissait bien des mêmes que celles trouvées au *mas* de Chantemule et à la Raze, personne ne s'en étonna ; tout le monde s'y attendait.

Puis, vers la fin de l'après-midi, l'hôpital annonça que le conducteur de la voiture avait, lui aussi, succombé à ses blessures.

Enfin, les enquêteurs révélèrent l'identité du chauffeur et de sa passagère : c'était un couple de Hollandais, les Van Aken ; ils venaient depuis longtemps en vacances dans la région, où ils avaient une maison ; et ils n'utilisaient la vieille Méhari que pour leurs petits déplacements.

L'assassin avait une fois de plus choisi le premier jour du mois pour tuer, et ses victimes étaient encore des étrangers amoureux de l'Auvergne.

Le procureur ne jugea pas utile de se déplacer, mais l'enquête du lieutenant Biasse s'enrichit d'un troisième volet.

Cependant on n'avait toujours aucun suspect en vue. Les deux gendarmes chargés de surveiller Buonarroti rendirent compte de leur mission : il était parti le jeudi soir pour Vichy, où il avait retrouvé un ami ; ensemble ils s'étaient rendus à la *Brasserie du Casino*, où on avait perdu sa trace ; mais le suivi de son téléphone montrait qu'il avait circulé dans la ville les deux jours suivants, sans sa voiture toujours garée au même endroit ; on l'avait vu réapparaître le dimanche matin, quand il l'avait reprise pour retourner à Ambert. Ainsi les gendarmes connaissaient son alibi aussi bien que lui !

Le capitaine Labroche commençait à s'inquiéter sérieusement pour la suite de sa carrière, et il en voulait terriblement au lieutenant pour cette enquête qui piétinait. Mais il n'osait pas le lui reprocher trop clairement, car il se sentait un peu fautif : quand Biasse lui avait demandé de mettre en garde les étrangers, il avait refusé ; toute la brigade pouvait en témoigner. Il restait les brimades : alors il entrait brusquement dans son bureau, il lui réclamait des documents archivés depuis des mois, il lui imposait des horaires invraisemblables.

Le lieutenant soupirait ostensiblement, mais il ne se laissait pas intimider par ces mesquineries ; il continuait méthodiquement son enquête, persuadé que tôt ou tard l'assassin se trahirait.

Les jours suivants, avec l'aide de la police néerlandaise, il essaya de reconstituer le passé des deux dernières victimes, Jeroen et Aleid Van Aken.

C'était un couple originaire du Brabant, au sud-est des Pays-Bas.

Jeroen était né à Eindhoven en 1957. Ses parents, de modestes employés de Philips, avaient tout sacrifié à la réussite de ce fils unique. Il s'était montré obéissant, sérieux et travailleur.

En 1979, alors qu'il terminait ses études à la TU/e, l'Université Technique d'Eindhoven, des camarades passionnés de football avaient organisé un déplacement à Saint-Étienne, pour soutenir leur équipe qui devait y affronter les *Verts*. Bien que peu intéressé par le sport, il avait fini par se laisser convaincre et les avait suivis. La ville ne lui avait pas vraiment plu, d'autant que le PSV s'était fait battre par l'ASSE 6 à 0.

Mais, à l'hôtel où il logeait, une affiche du dernier festival de la Chaise-Dieu était restée placardée sur un mur ; il l'avait tout de suite remarquée ; la programmation lui avait paru intéressante, et à en juger d'après les photos, un concert dans l'abbatiale devait avoir un autre cachet que dans un auditorium en briques. Il s'était donc promis d'y amener, l'année suivante, une jeune fille dont il était tombé amoureux dès qu'il l'avait rencontrée, par hasard, au cours d'une soirée étudiante.

C'était une fille assez grande, au visage fin et pâle éclairé par des yeux d'un bleu intense, et dont les longs cheveux d'or étaient tressés selon la mode de l'époque. Elle avait un an de moins que lui, elle était issue d'une famille plus aisée, et ses goûts l'avaient poussée à étudier la littérature et la musique.

Jeroen avait deviné qu'elle ne se laisserait pas séduire par des présents matériels ; il devrait lui offrir du rêve et de la féerie ; c'est pour cela qu'il avait pensé à un concert à la Chaise-Dieu.

Le stratagème produisit l'effet escompté ; Aleid fut émerveillée d'entendre *Les Vêpres de la Vierge* de Monteverdi résonner sous les voûtes de la vieille abbatiale ; elle tomba sous le charme du lieu, et de Jeroen, qui lui fit le serment de l'amener chaque année à un concert du festival.

Un an après, ils se marièrent et emménagèrent dans un grand pavillon en briques bâti dans un quartier tranquille de Veldhoven, profitant un peu de la campagne tout en étant très proches de la ville où il venait de trouver du travail.

Pendant ses études, Jeroen avait rêvé de faire

carrière dans la firme la plus prestigieuse d'Eindhoven, comme ses parents, chez Philips ; mais l'industrie automobile commençait à s'intéresser à l'électronique, et DAF avait besoin d'ingénieurs ; les conditions proposées étaient intéressantes ; il était donc entré dans cette entreprise, et y travaillait depuis près de quarante ans à perfectionner le système de freinage des poids lourds.

Ce détail frappa immédiatement le lieutenant Biasse, confirmant s'il le fallait que le *serial killer* connaissait bien le passé de ses victimes.

Quant à Aleid, ses études terminées, elle devint professeur de langue et de littérature française dans un *atheneum* de Tilburg ; mais malgré la nouvelle autoroute, les trajets quotidiens étaient pénibles ; aussi démissionna-t-elle au bout de cinq ans, après la naissance de leur deuxième enfant.

Elle profita de sa liberté retrouvée pour écrire ; adolescente, elle avait rêvé d'être romancière ; adulte, la fréquentation des grands écrivains l'avait rendue modeste, et elle n'avait plus beaucoup d'illusions ni sur son talent, ni sur ses chances de dénicher un éditeur un peu courageux. Mais ses années d'enseignement lui avaient appris comment un livre parvient à intéresser les lecteurs, et pourquoi il peut captiver plus qu'un autre ; la connaissance de ces techniques lui permit de se faire une petite place dans la littérature de jeunesse, et de nombreux élèves des Pays-Bas et de Belgique étudiaient ses œuvres au collège.

Ils n'avaient pas oublié leur serment, ils revenaient chaque été à la Chaise-Dieu ; mais camper à plus de mille mètres d'altitude à la fin du mois d'août n'est pas toujours agréable ; alors, ils prirent l'habitude de planter leur tente plus bas, dans la vallée, au camping municipal d'Arlanc ; ce n'était qu'à une quinzaine de kilomètres ; ils y retrouvaient les amis de la saison précédente, et chaque année tous les enfants attendaient avec impatience le moment où ils pourraient de nouveau jouer ensemble.

Puis ils achetèrent une vieille grange, isolée sur un promontoire bien exposé, à Tirebœuf, entre les hameaux de Fougère et de Bostfaucher ; la vallée s'étendait à leurs pieds, jusqu'aux pentes boisées qui la fermaient à l'ouest et au sud ; et un peu plus loin, sur le plateau, aux limites du Velay, ils pouvaient deviner le lieu où ils avaient décidé d'unir leurs vies.

Année après année, la grange s'était transformée jusqu'à devenir une demeure très confortable bien dans le style du pays. Les murs faits de blocs de granit irréguliers avaient été percés de fenêtres encadrées de chevrons, suivant la technique des anciens. Sur la toiture on avait remplacé les tuiles plates par des tuiles romanes traditionnelles.

À l'intérieur, ils avaient souhaité recréer la simplicité rustique des fermes auvergnates : carreaux de terre cuite au sol et plafonds de bois aux poutres apparentes ; seule la blancheur des murs, autrefois inconnue dans la région, pouvait surprendre. Les pièces étaient garnies de quelques meubles dénichés dans des brocantes ; Jeroen les avait réparés, puis Aleid avait passé des heures à les décaper soigneusement. Le décor était sobre, mettant en valeur les dessins et les sculptures qui l'agrémentaient.

On avait défriché le terrain alentour, planté des pommiers, des pruniers, des cerisiers, un noyer ; ils avaient créé des massifs où des tulipes, des rosiers et des rhododendrons fleurissaient à tour de rôle ; c'était une collection des variétés les plus rares, dont ils avaient gravé le nom sur de petites étiquettes de bois ; au fil du temps, la végétation avait prospéré ; et quand ils revenaient en vacances, chaque année au printemps et à la fin du mois d'août, il croyaient retrouver le paradis terrestre dans cette profusion de fleurs.

Ils venaient d'arriver pour deux semaines de vacances quand l'accident s'était produit.

10

Mercredi 13 mai

L'enquête piétinait, on n'avait toujours pas la moindre piste. Des journaux comme *Bild*, *Story* ou *The Sun* consacraient des numéros entiers à l'affaire, si bien que de nombreux étrangers qui avaient programmé des vacances en France annulaient leurs réservations ; le secteur du tourisme, le seul qui aurait pu bénéficier réellement de la faiblesse du franc, était en crise à son tour.

La presse française aussi vitupérait ; même *Valeurs Actuelles* commençait à critiquer l'inaction du gouvernement, paralysé par les conflits entre les partisans de la présidente, les défenseurs de la ligne traditionnelle, et les identitaires. Et dans *le Figaro*, un journaliste prêtait à Nicolas Sarkozy l'intention de se déplacer jusqu'à Ambert, pour apporter son soutien à la population.

Sans doute dans le but de le devancer, le ministre de l'Intérieur annonça sa venue sur place, pour *booster* l'enquête, précisa-t-il.

Le mercredi matin, une voiture officielle l'amena de l'aéroport d'Aulnat et le déposa devant la sous-préfecture.

Il était accompagné du garde des Sceaux, vêtu, malgré la saison, d'une extravagante parka rouge ; dès sa nomination, purement protocolaire, on lui avait fait comprendre que son collègue de l'Intérieur s'occuperait des dossiers sensibles.

Une femme en uniforme, grande, mince, à la longue chevelure noire, les suivait ; elle ne semblait pas avoir dépassé la trentaine.

Le capitaine Labroche et le lieutenant Biasse attendaient dans un bureau depuis près d'une heure. Les deux ministres entrèrent, suivis du sous-préfet et de la jeune femme.

« Messieurs, dit aussitôt le ministre de l'Intérieur avec un rictus de colère, vous vous doutez bien que si je me suis déplacé jusqu'ici, ce n'est pas pour vous féliciter ! Votre incompétence dépasse les bornes ! Nous sommes la risée du monde entier ! Il nous faut un coupable, très vite ! »

Chaque phrase du ministre provoquait un sourire béat de son collègue de la Justice, qui l'approuvait d'un hochement de tête.

« Aussi le garde des Sceaux a décidé de retirer au procureur le suivi de l'enquête. »

Cette fois, le ministre de la Justice parut étonné d'entendre ce qu'il avait lui-même décidé !

« L'inspectrice générale Aulinier va désormais superviser votre travail ! Elle me rendra directement compte de l'avancée de l'enquête. Oui, je sais, c'est une femme... Mais elle a montré son efficacité dans l'affaire des escrocs de Levallois-Perret ; et elle discute intelligemment de football ! »

La jeune femme, sans doute habituée aux élucubrations du ministre, ne broncha pas. Il y eut un moment de silence, puis le sous-préfet jugea utile d'intervenir :

« Monsieur le Ministre, voici le capitaine Claude Labroche, et son adjoint le lieutenant Julien Biasse ; c'est lui qui a dirigé l'enquête jusqu'à présent ; il est donc le mieux placé pour vous exposer, à vous et à votre collaboratrice, tout ce qu'il a découvert jusqu'ici. »

Ils s'installèrent autour d'une grande table ovale, et le lieutenant sortit de son cartable une liasse de documents qu'il distribua à chacun ; l'inspectrice Aulinier prépara quelques feuilles blanches pour prendre des notes.

Le lieutenant commença :

« D'abord, nous savons que c'est le même assassin qui sévit ; ses empreintes ont été retrouvées sur les trois scènes de crime ; malheureusement, elles ne figurent dans aucun fichier ; son ADN non plus. »

Il expliqua en détail comment les différents crimes avaient dû se dérouler, d'après les éléments dont on disposait.

« Ensuite, on remarquera que les victimes sont toujours des couples étrangers installés dans la région ; ce n'est probablement pas un hasard. Bien sûr, Claire Cordonnier était française ; mais elle vivait avec un Allemand. »

Il marqua une courte pause.

« D'autre part, il frappe le premier jour du mois, dans des lieux isolés, toujours situés à moins de dix kilomètres d'ici. »

En prononçant cette dernière phrase, Biasse eut une intuition qu'il se jura de vérifier dès qu'il le pourrait. Mais le capitaine avait pris la parole :

« Monsieur le Ministre, je me permets de vous faire remarquer que si le premier meurtre a bien eu lieu sur le territoire de notre brigade, les deux autres ont été commis sur des zones qui dépendent d'Arlanc et de Saint-Amant-Roche...

– Je m'en fous ! hurla le ministre. C'est vous qui êtes chargés de l'enquête ; faites votre boulot ! Arrêtez l'assassin ! »

Le capitaine blêmit et se tassa sur sa chaise. Le lieutenant se préparait à poursuivre son exposé quand on entendit, à l'extérieur, un tintamarre inhabituel, suivi de clameurs houleuses. Le sous-préfet se leva pour aller voir ce qui se passait. On attendit deux minutes, puis, comme il ne revenait pas, Biasse reprit :

« Les faits que je viens de vous présenter montrent que le tueur a échafaudé un plan diabolique ; il ne tue pas au hasard, mais choisit ses victimes ; comment ? pourquoi ? impossible de le dire pour l'instant. »

Il marqua à nouveau une courte pause avant de conclure :

« Enfin, il connaît bien leur passé : il tue les charcutiers à coups de couteau, il empoisonne les chimistes avec un insecticide, et il sabote les freins de celui qui travaillait à les concevoir. »

Ces dernières coïncidences, que le ministre n'avait pas remarquées jusque là, lui inspirèrent cette réflexion :

« Mais alors, ça prouve que c'est un familier des victimes ; il faut chercher quels amis ils avaient en commun ; peut-être même qu'ils étaient tous amis, ou qu'ils étaient liés d'une manière ou d'une autre : trafic, secte, franc-maçonnerie... »

Le garde des Sceaux lui coupa la parole :

« Mais leurs noms ? Simonne, d'abord ; ça ne serait pas un nom juif, par hasard ? »

Le ministre de l'Intérieur le foudroya du regard, et le lieutenant ignora la question :

« Non, nous avons bien sûr vérifié toutes leurs relations ; les trois couples ne se connaissaient absolument pas, et ils n'avaient aucun ami commun. Les Simonne s'étaient installés ici depuis six mois seulement, et les Van Aken restaient juste le temps des vacances. »

À cet instant le sous-préfet revint s'asseoir à la table, près du ministre, qui renifla longuement et se demanda depuis combien de temps son voisin n'avait pas changé de chaussettes. Celui-ci jugea utile d'expliquer ce qui se passait dehors.

« Ce sont des agriculteurs ; ils ont appris votre visite et sont venus manifester dans la rue. J'ai donné des ordres pour qu'on les éloigne d'ici. »

Le ministre posa encore deux ou trois questions sur l'enquête, il donna des consignes qu'on suivait depuis longtemps. Mais ses silences inhabituels montraient qu'il était surtout attentif au tumulte provenant de l'extérieur ; il semblait inquiet, pressé de repartir, et il conclut rapidement :

« Bon ! À partir de maintenant, vous êtes sous

les ordres de l'inspectrice générale Aulinier ; elle me rendra compte directement de votre travail ; je veux des résultats très vite. Sinon… »

Il se leva et quitta la salle, suivi par le garde des Sceaux ; le sous-préfet se précipita derrière eux. Quand ils furent sortis, le capitaine se leva et partit en grommelant.

Le lieutenant Biasse se retrouva seul avec l'inspectrice générale, et il se sentait très mal à l'aise ; c'était elle qui déciderait désormais comment orienter l'enquête, et il faudrait lui rendre des comptes, justifier chaque décision. Ne sachant que lui dire, il se raccrocha à une banalité :

« Alors, vous vous intéressez au football ? »

Elle éclata de rire.

« Absolument pas ! je connais juste les règles et j'ai vu tout au plus deux matchs jusqu'au bout.

– Mais le ministre a dit que…

– Quand j'étais à l'ENA, j'ai dû improviser un discours d'un quart d'heure sur le football, devant des connaisseurs ; je me suis sentie très mal à l'aise. Depuis ce jour, je parcours régulièrement *L'Équipe* et j'écoute de temps en temps les commentaires à la radio ; quand on me parle de sport, je répète ce que j'ai lu ou entendu ! Et ça marche ! Écoutez parler les gens, vous verrez que, sans s'en rendre compte, ils font tous la même chose. »

Cette confidence rassura le lieutenant. Il osa demander :

« Alors, comment voyez-vous la suite ? Vers

quoi orienter l'enquête ? Nous avons peut-être oublié une hypothèse, un petit détail, quelque chose qui nous a échappé ?

– Non, je ne le pense pas. L'assassin suit un plan minutieusement préparé, vous l'avez bien montré. Il faut découvrir à quelle logique il obéit, c'est notre seule piste pour l'instant. Mais d'abord, je veux voir les lieux où il a agi ; il faut essayer de se mettre à sa place. »

En traversant le hall, ils furent saisis par une odeur suffocante et par les cris d'une foule joyeuse à l'extérieur. Devant la sous-préfecture, la rue était couverte d'une sorte de pâte élastique blanchâtre dans laquelle les deux ministres s'étaient englués en voulant regagner leur véhicule ; ils finirent par s'y engouffrer en titubant, emportant sous leurs semelles quelques échantillons de la spécialité de la ville ; la voiture patina, sembla avancer, puis elle dérapa et commença à tournoyer sur elle-même, provoquant un tonnerre de rires et d'applaudissements ; enfin elle bondit, s'éloigna en zigzaguant, traversa le carrefour malgré le feu rouge et disparut sur la route de Thiers.

Pendant la réunion, une vingtaine de tracteurs étaient venus déverser sur le boulevard plusieurs tonnes de fourmes que les paysans n'arrivaient plus à vendre depuis que le marché européen leur était fermé ; ils avaient longuement roulé dessus pour les écraser ; c'est dans cette bouillie aux effluves tenaces que les ministres avaient pataugé, devant une foule amusée et les caméras de la télévision ; un journaliste commenta la scène en évoquant *Les Copains* de Jules Romains ; et dans la mairie ronde célébrée par l'écrivain, où on ne souhaitait pas vraiment recevoir les deux ministres, leur fuite précipitée soulagea tout le monde.

Quant au sous-préfet, il se voyait déjà muté dans une ville méridionale à l'atmosphère suffocante et remplacé par un vrai patriote.

L'après-midi, le lieutenant conduisit l'inspectrice sur les différents lieux où les crimes avaient été commis, en respectant leur chronologie. Quand elle découvrit le *mas* de Chantemule, elle se demanda comment les Simonne avaient pu décider de vivre là ; bien sûr, la vue sur la vallée était superbe, mais la route depuis la ville lui avait paru interminable. Il fallut ensuite redescendre à Ambert, et partir dans une autre direction pour monter à la Raze ; la route lui sembla un peu moins longue, et la maison moins isolée ; elle alla voir la source dans la forêt, où elle prit le temps de respirer l'odeur de résine, caressant l'écorce des pins comme une nymphe des bois. Enfin, ils traversèrent à nouveau Ambert pour se rendre à Tirebœuf ; le trajet dura une dizaine de minutes ; la route s'étirait en bordure de plaine, seule la fin montait ; ils s'arrêtèrent dans le virage où s'était produit l'accident, puis remontèrent à pied sur deux ou trois cents mètres, jusqu'à la maison des Van Aken. Elle plut davantage à l'inspectrice ; là au moins on était encore en pays civilisé ; elle s'attarda dans le jardin, observa les massifs de fleurs, et prit quelques notes sur un calepin.

En repartant, le lieutenant voulut savoir si elle avait repéré quelque chose qu'ils n'avaient pas remarqué jusque là. Mais elle avait seulement constaté que, de crime en crime, l'assassin prenait de l'assurance, puisqu'il se rapprochait de la ville.

Ce n'était sans doute pas cela qu'elle avait écrit, mais cette remarque était intéressante, et il répondit simplement :

« Je dois vérifier quelque chose ; oh ! c'est une idée complètement absurde qui m'a traversé l'esprit ce matin ; mais au point où nous en sommes, il faut la vérifier. Je vous en parlerai demain... si je ne me trompe pas. »

Pendant tout le trajet du retour, Biasse se demanda ce que sa nouvelle collaboratrice avait bien pu noter sur son calepin, dans le jardin des Van Aken. En arrivant à la gendarmerie, n'y tenant plus, il lui posa la question.

« Rien d'important, j'ai seulement relevé le nom de la rose dont le parfum m'a rappelé mon enfance ; j'aimerais restaurer le jardin de ma grand-mère, aujourd'hui à l'abandon.

— En région parisienne ?

— Oh non ! À Aïnhoa, dans les Pyrénées.

— Vous êtes Basque ?

— Pas tout à fait ! Ma grand-mère a quitté l'Espagne en 1938 ; avec ses parents, bien sûr, à l'époque elle n'avait que six ans ! À peine la frontière franchie, ils ont trouvé ce village prêt à accueillir des réfugiés. Ils ont décidé qu'ils n'iraient pas plus loin, et ils s'y sont installés. »

Pensifs, ils se turent quelques instants, puis elle ajouta brusquement :

« Maintenant, mon prénom doit vous paraître moins insolite. »

Et ils éclatèrent de rire.

11

Jeudi 14 mai

La veille, dès son retour à la gendarmerie, le lieutenant Biasse s'était enfermé dans son bureau pour vérifier l'hypothèse qui l'avait effleuré au cours de la réunion à la sous-préfecture. Elle lui paraissait complètement farfelue, mais il ne fallait négliger aucune piste.

Il avait déplié sur une grande table plusieurs cartes de la région, avait pris des repères, mesuré, tracé des traits, mesuré encore avec règle et rapporteur ; il avait recommencé sur d'autres cartes à différentes échelles ; et tous ses calculs confirmaient son pressentiment.

Il était ressorti de son bureau tard dans la nuit, avait avalé un morceau de fromage et était allé se coucher ; malgré la fatigue d'une longue journée pleine de péripéties, il avait eu du mal à trouver le sommeil, tant sa découverte l'obsédait.

Aussi le jeudi matin attendait-il fébrilement l'arrivée de l'inspectrice, à la fois mal remis de sa courte nuit, plutôt fier de son étrange trouvaille, et aussi inquiet à l'idée qu'elle risquait de le prendre pour un fou.

Une carte de la région était étalée sur son bureau. Encore incrédule, il n'arrivait pas à en détacher son regard.

Carmen Aulinier arriva à huit heures ; elle avait troqué son uniforme contre une robe de coton plus adaptée à la température déjà estivale.

Le lieutenant lui demanda si elle avait bien dormi, malgré la rusticité du logement qu'on lui avait fourni à la gendarmerie. Au début, elle avait été un peu gênée par le silence auquel elle n'était plus habituée, mais la fatigue avait fini par la vaincre. Et maintenant, elle était impatiente de savoir à quoi Biasse avait fait allusion la veille.

« Voilà ! Hier, vous m'avez bien dit qu'à chaque crime l'assassin se rapprochait de la ville ?

– Oui, nous avons mis vingt-cinq minutes pour monter à Chantemule, une quinzaine pour aller à la Raze, et pas plus de dix jusqu'à Tirebœuf.

– Par la route, oui ! Mais à vol d'oiseau, les trois maisons sont exactement à la même distance du centre d'Ambert ! J'ai mesuré sur la carte, un peu moins de sept kilomètres chaque fois.

– Vraiment ? Je n'aurais pas imaginé que de simples virages puissent fausser à ce point mon jugement.

– Eh oui ! Mais il y a autre chose. Vous vous souvenez que pour aller de l'une à l'autre, il a fallu repasser chaque fois par Ambert ?

– Oui, pourquoi ?

– Les trois maisons sont situées dans des directions totalement différentes ; je dirais même délibérément différentes, savamment orientées. J'ai indiqué leur position sur la carte, et je les ai reliées par des traits ; regardez ! »

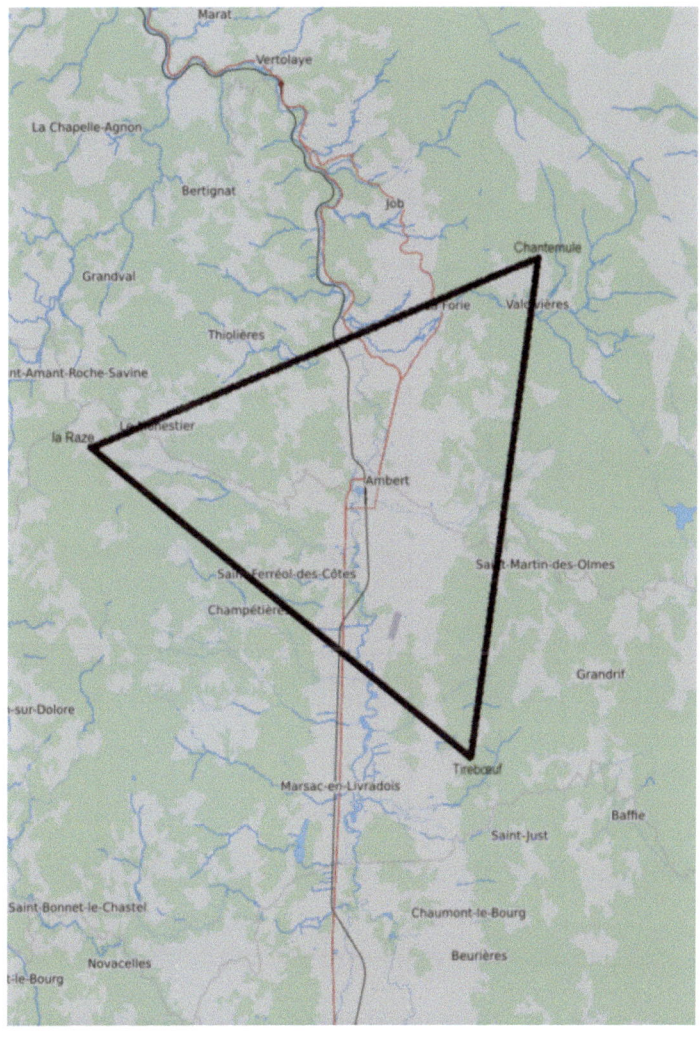

Carmen n'en croyait pas ses yeux : elle repéra les routes qu'ils avaient suivies la veille, reconnut le nom des villages traversés ; et les traits que le lieutenant avait tracés sur le papier formaient, autour d'Ambert, un magnifique triangle !

« Ça alors ! On dirait un triangle équilatéral !

– Cette fois, votre impression est justifiée : vous pouvez le mesurer, c'est bien un triangle équilatéral ; il est parfait.

– Qu'est-ce que ça veut dire ?

– J'y ai réfléchi toute la nuit, et je n'en sais rien. Bien sûr, ça peut être le hasard ; mais il y a déjà tellement de coïncidences dans cette affaire. Alors, il faut peut-être supposer que l'assassin choisit le lieu du crime, plutôt que les victimes ! »

Elle réfléchit quelques instants, puis objecta :

« Oui, mais je vous ai bien écouté hier : s'il choisissait seulement le lieu, comment expliquer qu'il utilise chaque fois une arme en rapport avec le métier de ses victimes ? Un métier qu'elles exerçaient parfois à mille kilomètres d'ici ! Ça prouve qu'il les connaissait quand même assez bien.

– Il s'écoule un mois entre deux crimes. Ça lui laisse du temps pour se renseigner. »

Ils mesurèrent à nouveau les distances sur la carte, puis observèrent longuement ce mystérieux triangle.

Carmen suggéra d'en dessiner les médianes ; instantanément, ce mot réveilla de vieux souvenirs que le lieutenant croyait définitivement oubliés : *dans un triangle équilatéral, les trois hauteurs sont aussi les trois médianes, les trois médiatrices et les trois bissectrices.* Cette formule, il l'avait apprise par cœur et souvent répétée en cours de maths de sixième, sans vraiment la comprendre ; et maintenant qu'il devait l'utiliser concrètement, elle lui apparaissait comme une évidence.

Ils rajoutèrent donc ces trois traits sur la carte, et ce qu'ils avaient supposé se vérifia : leur intersection se situait bien à Ambert. Ils recommencèrent sur une carte à plus petite échelle ; les lignes se croisaient en plein centre de la ville, plus précisément vers le Pontel ; le lieutenant avait même l'impression qu'ils se recoupaient au niveau de l'armurerie de Buonarroti ; mais il aurait fallu des outils bien plus précis qu'une simple règle et une équerre pour pouvoir l'affirmer avec certitude.

Biasse jugea quand même utile de préciser ce détail à l'inspectrice ; mais Buonarroti avait un alibi en béton, au moins pour le dernier assassinat.

Au lieu de faire progresser l'enquête, leur découverte ne faisait que l'obscurcir.

Dans les jours qui suivirent, Carmen Aulinier retourna plusieurs fois sur les lieux des différents crimes, cherchant vainement dans la configuration du terrain une explication à cet étrange triangle.

Puis elle se plongea dans le passé des victimes, comme l'avait déjà fait le lieutenant Biasse.

« On a bien relevé des traces de pneus de moto dans les deux premiers cas ? demanda-t-elle soudain.

– Oui, mais il y a plus de deux cents motos qui roulent avec ce type de pneus dans l'arrondissement ; comment voulez-vous, avec trois gendarmes, aller vérifier l'alibi de chacun ?

– Non, ce n'est pas pour ça. Je viens de trouver une discussion sur internet ; elle date de 2015, mais l'auteur se plaint des centaines de motos qui pétaradent sur la route près de chez lui chaque week-end. Il a lancé une pétition : il réclame au ministère de l'Écologie d'imposer un contrôle technique pour limiter le bruit des deux roues. Et c'est signé Robert Wieck ! »

Elle fit une pause pour savourer son effet.

« Six mois plus tard, il a ajouté ce commentaire : "Je n'ai toujours pas obtenu de réponse du ministère, mais j'ai reçu pas mal de menaces d'un groupe de motards." »

Biasse s'approcha et s'assit devant l'ordinateur pour lire l'article. Puis il tapa "Wieck" sur le site des *Pages Blanches* : il n'y avait que cinq Wieck dans toute la France, et un seul se prénommait Robert ; donc c'était probablement bien lui.

Ils relurent tout le texte, puis les commentaires qui suivaient. Le lieutenant ne put s'empêcher de dire, comme chaque fois qu'il devait éplucher les commentaires laissés sur internet par des visiteurs anonymes :

« C'est effrayant ! Quelle haine ! C'est à qui écrira les plus énormes bêtises ! On se croirait dans un meeting électoral de … »

Il ne termina pas sa phrase, se rendant soudain compte qu'il ignorait tout des opinions politiques de Carmen Aulinier ; et il aurait pu la blesser sans le vouloir.

« Heureusement, Robert Wieck avait de l'humour, lui ! » dit l'inspectrice en montrant un commentaire que Biasse parcourut rapidement.

« Intéressant, mais qu'est-ce que c'est que cette histoire de *prothèses* dont il parle tout le temps ? Je n'y comprends rien. À moins que ... Il n'était pas français, il a dû confondre avec un autre mot ! Vous connaissez un peu l'allemand ?

– Oui, et pour *prothèse*, c'est à peu près le même mot qu'en français ! dit Carmen en éclatant de rire. Rassurez-vous, il ne s'est pas trompé ; lisez jusqu'au bout, vous comprendrez. »

Le lieutenant se pencha vers l'écran et il sourit à son tour en découvrant la dernière phrase :

« La plupart des motards sont discrets et roulent sans chercher à se faire remarquer ; mais certains ont besoin du bruit pour se convaincre qu'ils ont réellement un engin entre les jambes ! »

Il s'était déjà fait ce genre de réflexion, lui aussi, en contrôlant des véhicules trop bruyants ou trop voyants.

Le reste des commentaires n'était qu'insultes et menaces plus ou moins voilées entre partisans et adversaires de la pétition. Mais leurs courageux auteurs s'étaient cachés derrière des pseudos, et le temps écoulé depuis empêcherait de les retrouver par leurs adresses IP.

Ils passèrent deux jours à explorer cette piste ; mais ni les Simonne, ni les Van Aken ne s'étaient intéressés aux motos ou au bruit qu'elles produisaient ; il fallut donc chercher ailleurs.

On fit remonter ces informations au ministre,

pour montrer que l'enquête progressait ; mais le lieutenant et l'inspectrice choisirent de garder secrète la découverte du mystérieux triangle, ne sachant pas comment la présenter.

Pendant ce temps, Ambert vivait un véritable miracle économique : les hôtels longtemps désertés affichaient à nouveau complet, et les rares gîtes encore disponibles étaient pris d'assaut par des journalistes accourus de toute l'Europe.

Lorsque les deux ministres étaient venus, une chaîne de télévision avait filmé leur sortie de la sous-préfecture et leur fuite peu glorieuse ; mais elle avait renoncé à diffuser ces images, malgré les recettes publicitaires qu'elles pouvaient procurer. À peine le présentateur évoqua-t-il quelques petits incidents, qu'il expliqua en affirmant que les paysans de la vallée étaient pour la plupart d'anciens soixante-huitards retournés à la terre.

Cependant la scène avait été enregistrée sur des téléphones portables, et elle s'était rapidement retrouvée sur *YouTube* et *Dailymotion*, pour la plus grande joie de millions d'internautes.

On attendait maintenant la visite promise, selon un hebdomadaire, par Nicolas Sarkozy. Tous les médias avaient dépêché des équipes de photographes et de cameramen, pour s'assurer la primeur du prochain spectacle. Mais on attendait en vain ; personne ne savait quand le patron de *Les Républicains* viendrait, ni même où il se trouvait.

Le dimanche matin, à la radio, un chroniqueur du *Figaro* mit fin au suspense, et du même coup ruina les espoirs des hôteliers ambertois. Il expliqua cette absence par un quiproquo : c'était la faute d'un pigiste un peu fâché avec l'orthographe et la géographie. L'ancien président n'avait jamais eu l'intention de se déplacer à Ambert, avec un T, mais à Amber, sans T, en Inde, pour y donner une de ses juteuses conférences.

Ceux qui connaissaient un peu le Rajasthan savaient que la ville d'Amber est aujourd'hui un musée, tous ses habitants l'ayant abandonnée depuis bientôt trois siècles. Il se demandèrent qui pourrait bien assister à cette singulière conférence.

12

Samedi 30 mai

Pour Alex Vialatte, les Versades, où il ne montait désormais plus que le samedi, marquaient la fin de sa semaine de travail ; mais il devait passer devant le *mas* de Chantemule, qu'il trouvait de plus en plus sinistre avec tous ses volets clos ; et chaque fois il revivait la terrible scène qu'il y avait découverte deux mois et demi plus tôt.

Après cette macabre soirée, il n'avait plus jamais eu envie d'aller à la pêche, et c'était le premier printemps au cours duquel il n'avait pas cueilli la moindre morille. Malgré les antidépresseurs qu'il absorbait depuis quelques semaines, il était constamment inquiet et devenait facilement irritable. Autrefois, il lui arrivait d'aller boire un apéritif au *Square* le dimanche matin, au retour de sa longue course dans la campagne ; maintenant, chaque jour, après son travail, il s'y rendait et buvait cinq ou six pastis, avant de rentrer chez lui en titubant.

Ce soir-là, arrivé au terme de sa tournée, il n'avait qu'une seule idée en tête : vite retrouver le bistrot et ses habitués. Pour essayer de se distraire en redescendant à Ambert, il appuya sur le bouton de la radio :

« ... 18 heures, voici nos dernières informations :

À Roland-Garros, Nadal s'est facilement qualifié pour les huitièmes de finale face au jeune Sud-Africain Lenny Steinbeck ; il a démontré aux sceptiques que son intention de revenir au plus haut niveau n'était pas un canular ; au prochain tour il affrontera le vainqueur du match entre le Colombien Márquez et l'Espagnol García.

Le ministre de la Culture a déploré que le Festival de Cannes se soit déroulé, cette année encore, à San Remo. Il a par ailleurs assuré que celui d'Avignon aurait bien lieu, cet été, au grand soulagement des commerçants de la ville ; il a désigné un nouveau directeur, M. Roucas, chargé de remplacer les troupes qui boycotteraient la manifestation par des humoristes ou des spectacles de cirque ; ce sera enfin un événement réellement populaire, comme le voulait Jean Vilar.

Bientôt l'épilogue dans l'affaire qui oppose des propriétaires du Gard et du sud de l'Ardèche aux compagnies pétrolières. M. Allègre vient de présenter son rapport au ministre de l'Industrie. Il réfute de manière indiscutable les accusations des écologistes : les mini-séismes qui frappent la région depuis un an et demi n'ont aucun lien avec l'exploitation des gaz de schistes ; les fendards qui apparaissent dans de nombreuses maisons sont dus à une variation naturelle du champ magnétique terrestre, provoquée sans doute par l'alignement de Vénus, de Jupiter et du village de Mars, près du Vigan. Les conclusions du scientifique devraient permettre au juge chargé de l'affaire de prononcer rapidement un non-lieu.

À Ambert, beaucoup redoutent un nouveau crime pour les jours prochains. L'ancien président Sarkozy exige des modifications drastiques de la politique de sécurité du gouvernement. Conscient qu'il est temps d'agir, le ministre de l'Intérieur devrait annoncer des mesures spéciales pour garantir la sécurité de tous les Européens installés en Auvergne.

Selon l'OMS, la vague de chaleur exceptionnelle qui frappe tout l'hémisphère nord depuis trois mois a fait plus de 95 000 morts en In... »

« On a assez d'emmerdements par ici ; pas besoin d'ajouter ceux des autres ! » lança-t-il, rageur, en éteignant la radio.

Il poursuivit sa route en silence, indifférent au spectacle des landes parsemées de genêts en fleurs. Au cours de la descente, il croisa deux voitures de la Gendarmerie.

« Tiens ! Ils se bougent enfin ! Pas trop tôt ! On ne les voyait pas beaucoup jusque là ! » pensa-t-il à voix haute.

Cette constatation atténua sa mauvaise humeur, et il sifflota même un air de marche militaire pendant quelques kilomètres ; mais un peu avant la Forie, il fut brusquement arrêté par d'autres gendarmes qui avaient installé un barrage sur la route. Il dut patienter plus d'un quart d'heure, le temps qu'on contrôle les véhicules qui le précédaient ; de rage, il se rongeait les ongles. Quand son tour arriva enfin, seule la crainte de l'uniforme l'empêcha de dire tout haut ce qu'il pensait. Le gendarme qui s'approchait pour examiner l'intérieur de sa voiture le reconnut.

« Vous allez à Ambert ? Et vous croyez que c'est malin d'attendre encore ici, à cette heure ? Vous avez envie de rentrer à pied ? Allez ! Ne traînez pas ! Il vous reste à peine dix minutes ! »

Sans comprendre pourquoi il devait se dépêcher, Alex redémarra et parcourut les six derniers kilomètres en maugréant, et sans se soucier des limitations de vitesse.

Dès qu'il eut garé la voiture et refermé le portail du garage de la poste, il traversa la place du Pontel et entra au *Square*.

Il y trouva les habitués agglutinés devant un écran de télévision ; mais ce n'était pas pour assister à un match de rugby ; ils écoutaient religieusement le discours que le ministre de l'Intérieur, l'air martial, était en train de terminer ; et ce qu'ils venaient d'entendre les laissait abasourdis.

Pour neutraliser le *serial killer*, il avait décrété une sorte de couvre-feu : la circulation de tous les véhicules à moteur, sauf évidemment ceux de la Gendarmerie, était interdite dans tout l'arrondissement d'Ambert, depuis dix-neuf heures jusqu'au mardi six heures ; et les gendarmes avaient reçu l'ordre de tirer, après les sommations d'usage, sur tous ceux qui ne le respecteraient pas.

Dans le bistrot, les clients se taisaient, à la fois rassurés par la fermeté du ministre, et anxieux en songeant aux contraintes qu'ils devraient supporter pendant les deux jours suivants. Buonarroti rompit enfin le silence :

« Eh bien ! Voilà un ministre qui a de la

poigne ! dit-il admiratif. Il a eu le courage de prendre les décisions qui s'imposaient.

– Ton ministre, il avait pas l'air si courageux l'autre jour devant la sous-préfecture !

– Pas courageux..., pas courageux... ? J'aurais bien voulu t'y voir, toi, à sa place, devant ces..., ces voyous, ces gauchistes, prêts à tout casser !

– Il paraît qu'il s'est vengé en interdisant la fourme à la cantine du ministère !

– Bah ! à Paris, ça devait être de l'industrielle, pas de la vraie.

– En tout cas, moi je crois qu'il ne servira à rien, son couvre-feu. Si l'assassin est décidé, il trouvera toujours un moyen.

– Ça va juste nous emmerder tout le week-end, et pour rien, je suis prêt à le parier.

– On en reparlera mardi, vous verrez bien ! »

Mais brusquement, le sourire de Mickaël disparut ; blême, il se laissa tomber sur une chaise et regardait dans le vide.

« Hé, Mickaël, qu'est-ce qui t'arrive ? Ça va ? Dis-nous quelque chose ! »

De plus en plus pâle, respirant difficilement, il montrait des signes évidents d'angoisse. Mais personne ne pouvait en deviner la raison ; et il ne risquait pas de l'avouer : le matin même, il avait misé une très grosse somme sur internet, pariant que la prochaine victime serait tuée par une arme à feu. Et maintenant, il se rendait compte de sa légèreté : si, à cause de ce stupide couvre-feu, il n'y avait pas de nouvelle victime ?

« Oui, ça va passer. C'est juste un coup de pompe. Vous comprenez, avec toutes ces histoires, le surmenage...

– Te plains pas ! Tu es bien le seul pour qui les affaires marchent en ce moment.

– Margot, sers-lui donc un cognac ! Ça va le remonter. »

Peu à peu, Buonarroti retrouva ses esprits, et la conversation reprit.

Quant à Alex, il venait enfin de comprendre pourquoi le gendarme lui avait ordonné de se dépêcher. Inquiet, il demanda :

« Mais on peut quand même marcher à pied ?

– Heureusement, mais à pied l'assassin n'ira pas bien loin.

– Oh que si ! J'en connais certains qui seraient bien capables de monter à pied à Valcivières en moins d'une heure ; pas vrai, Alex ? »

Il ne répondit pas. Il ne savait pas si ces allusions, de plus en plus fréquentes, cachaient de simples plaisanteries ou de réels soupçons. Bien sûr, il s'était trouvé le premier sur les lieux d'un crime ; mais de là à l'accuser...

« Espèce de veinard ! Sans voiture, tu vas pouvoir te reposer lundi ! »

Toujours muet, Alex avala rapidement son dernier verre, paya et s'en alla.

Il venait juste de quitter le bar quand la porte s'ouvrit bruyamment, les faisant tous sursauter ;

Thomas Micaulot essoufflé, le visage cramoisi, dégoulinant de sueur, les cheveux en désordre, entra en hurlant :

« Qu'est-ce qui se passe ? Ils sont devenus fous ? C'est la guerre ? »

Il fallut cinq bonnes minutes avant qu'il se calme et qu'il soit en état de s'expliquer.

« Allez, raconte-nous ce qui t'arrive.

– Eh bien, voilà ! Je redescendais tranquillement de Lagat. Un peu après Richard-de-Bas, j'ai bien aperçu deux types qui me faisaient des signes, au bord de la route ; mais comme j'avais le soleil dans les yeux, je ne les ai pas reconnus tout de suite ; c'est seulement en passant à leur niveau que je me suis rendu compte que c'étaient des gendarmes ! En même temps, j'ai entendu des rafales de pistolet-mitrailleur, et ma voiture s'est couchée dans le fossé. Je ne sais pas comment j'en suis sorti vivant ; la camionnette est criblée de balles ! Et dans quel état doit être le matériel à l'intérieur ! C'est mon patron qui va être furieux !

– Mais qu'est-ce que tu faisais encore là-bas à cette heure ?

– Cet après-midi, je n'arrivais pas à mettre la main sur mes Ray-Ban. Et puis je me suis rappelé que je les avais laissées sur mon dernier chantier, dans un bois au-dessus de Grivel. Alors je suis remonté les chercher.

– Et tu savais pas qu'y avait un couvre-feu ?

– C'est les gendarmes qui me l'ont expliqué. Et ils m'ont engueulé, parce qu'ils vont devoir faire un rapport sur l'incident ! Ils ont failli me tuer, et ils appellent ça un incident ! Et en plus, après ça, ils m'ont laissé rentrer à pied ! »

Ce couvre-feu qui bouleversait la vie des Ambertois avait pour origine le dernier Conseil des ministres. La présidente, inquiète de sa chute continuelle dans les sondages, y avait méchamment sermonné le ministre de l'Intérieur, menaçant de l'obliger à démissionner. Ridiculisé devant ses collègues, échaudé par sa visite à Ambert, il avait décidé de frapper fort. Il avait annulé tous ses déplacements. Enfermé dans ses bureaux, il avait exigé de recevoir trois rapports par semaine sur les dernières avancées de l'enquête.

L'inspectrice Aulinier en avait discuté longuement avec le lieutenant Biasse. Elle lui avait expliqué ce qu'elle savait du ministre : il n'avait qu'une seule idée en tête, soigner son image ; selon elle, il était capable d'annoncer une décision à laquelle il ne songeait pas une minute plus tôt, simplement pour impressionner son auditoire ; quant à garder un secret, on ne pouvait pas lui faire confiance.

Ils avaient donc décidé de l'informer seulement de détails secondaires, et de les distiller peu à peu, pour lui donner l'impression que l'enquête progressait de façon régulière et le faire patienter.

Mais faute d'autre chose, il avait bien fallu lui révéler la découverte du mystérieux triangle. Le ministre leur avait immédiatement téléphoné pour leur faire part de sa géniale intuition, sans oublier ses reproches : ce n'était pas un triangle qu'ils auraient dû tracer sur la carte, mais un cercle ; le cercle circonscrit, comment avaient-il pu l'oublier ? Il était vraiment urgent de revenir aux programmes scolaires qui avaient fait la grandeur de la France du temps de Jules Ferry, sinon les assassins auraient encore de beaux jours devant eux !

En effet, avait-il expliqué, un triangle ne montrait que les points où le meurtrier avait sévi, des points déjà connus, tandis qu'un cercle permettait de repérer immédiatement tous les hameaux où il risquait de frapper à l'avenir !

Fier de *sa* découverte qu'il exposait, carte à l'appui, sur tous les plateaux de télé, le ministre avait donc décrété un couvre-feu et envoyé plus de quatre cents gendarmes ; on les avait effectivement déployés en un immense cercle autour d'Ambert ; avec en moyenne un gendarme tous les cent mètres, l'assassin se ferait prendre à la moindre tentative ; il suffisait d'attendre.

13

Lundi 1ᵉʳ juin

Un calme impressionnant régnait sur tout l'arrondissement d'Ambert ; le couvre-feu était parfaitement respecté. Pas le moindre bruit de moteur ne résonnait dans la campagne ; le silence était troublé seulement de temps en temps par le passage d'un véhicule de la Gendarmerie.

Privés pour une deuxième journée de leur indispensable bagnole, certains se résignaient à rester cloîtrés chez eux, tentant de se distraire devant leur poste de télé, malgré le soleil qui resplendissait sur la campagne. D'autres, après beaucoup d'hésitations, redécouvraient qu'on pouvait aussi se déplacer à pied. Quant aux plus courageux, levés tôt, ils avaient profité de la fraîcheur matinale pour parcourir les quelques kilomètres qui les séparaient de leurs activités ordinaires.

Un paysan de Champetières avait bien essayé de rentrer son foin avec un tracteur ; mais les forces de l'ordre l'avaient vite ramené à la raison, et il était retourné chez lui en pestant contre les cumulus inquiétants qui, à l'est, assombrissaient le col de Chemintrand ; il regrettait de n'avoir plus, depuis longtemps, de joug pour atteler ses bœufs.

En ville, la population se sentait protégée par l'impressionnant dispositif policier, et par les six ou sept kilomètres qui la séparaient des hameaux menacés. Et comme l'absence de moyens de transport contraignait beaucoup de monde à un repos forcé, Ambert retrouvait son animation estivale avec un mois d'avance. Les gens s'aventuraient au milieu des rues sans crainte d'un accident, hésitant encore à s'approprier tant d'espace libéré. Seuls les commerçants faisaient grise mine : les clients observaient les vitrines sans entrer, inquiets en ce jour de hausse de la TVA.

Plusieurs familles avaient choisi l'ombre des arbres du Jardin Chabrier pour abriter leur pique-nique. Leur repas fut agrémenté par un spectacle inattendu : deux jeunes musiciens eurent l'impertinence de grimper sur le socle de la statue de Jeanne d'Arc ; le guitariste s'y installa, tandis que l'autre, avec son cornet à pistons, montait sur la croupe du cheval ; ils interprétèrent une surprenante adaptation d'*España*. En temps normal, un tel outrage leur aurait valu de sérieux ennuis ; mais les forces de l'ordre étaient occupées ailleurs, et personne ne s'offusqua de leur prestation.

L'après-midi, on vit circuler trois cavaliers coiffés de chapeaux de cow-boys ; ils étaient venus de Marat pour profiter des chaussées désertées. Chaque fois qu'ils avaient rencontré des gendarmes, ceux-ci les avaient arrêtés ; et chaque fois, renseignements pris, ils les avaient laissés repartir : car si, dans le code de la route, un cheval monté est bien assimilé à un véhicule, le ministre avait cru bon de préciser dans son décret : "véhicules à moteur" ; cette maladresse les épargnait.

Malgré la gravité de la situation, Ambert avait presque un air de fête qui faisait oublier, pendant quelques instants, les victimes qu'on égorgeait peut-être à quelques kilomètres de là.

Mais pas un seul des nombreux reporters qui envahissaient maintenant la ville au début de chaque mois ne filmait cette sérénité apparente ; leurs rédactions ne les avaient pas envoyés en mission pour ce genre d'images qui n'intéressaient personne.

Pendant que toute la brigade arpentait le terrain, Carmen Aulinier, qui n'y effectuait qu'une mission temporaire, était contrainte de rester à la gendarmerie. Elle consacra donc sa matinée à relire les notes qu'elle avait accumulées sur le passé des victimes ; mais elle connaissait tout par cœur, il n'y avait rien de nouveau à en attendre.

Pour combler son oisiveté, elle alla chercher un café, et au retour passa devant le bureau du lieutenant Biasse ; en partant, il avait laissé sa porte entrouverte. Elle entra, s'assit devant la carte punaisée contre le mur, et se mit à déguster son café en rêvant devant ce triangle qui gardait tout son mystère.

Pourquoi tous ces gens qui ne se connaissaient pas étaient-ils venus se faire assassiner ici ? C'est sans doute pour trouver plus de soleil qu'ils avaient quitté les brumes de l'Europe du Nord. Ces brumes, Carmen les avait connues lors d'un séjour à Amsterdam, et elle les imaginait remontant le cours de la Meuse, de la Moselle et du Rhin, se riant d'un relief si modeste que les frontières l'ignoraient ; en fait, même si les victimes venaient de trois pays différents, elles venaient toutes de la même région.

Alors, Carmen eut une idée ; c'était complètement invraisemblable, et même absolument impossible si on y réfléchissait sérieusement ; mais au point où on en était, il ne fallait rien négliger ; et de toute façon elle n'avait rien d'autre à faire pour le moment.

Elle ouvrit un placard qui devait peut-être contenir ce qu'il lui fallait. Effectivement, elle y découvrit d'autres cartes : celles de la région, à différentes échelles, puis une carte de la France entière ; elle la déplia vivement, l'examina quelques instants, puis la replia en soupirant. Elle fouilla encore, trouva une carte de l'Italie, une de l'Angleterre, et enfin celle qu'il lui fallait, une carte du Benelux ; elle était à grande échelle, mais il suffirait de chercher sur *Google Earth* pour situer les détails qui ne figuraient pas sur le papier.

Carmen l'emporta dans son bureau et la déplia sur la table. À l'aide de son ordinateur, elle chercha à localiser exactement Zittard, le quartier de Veldhoven où habitaient les Van Aken ; en observant sur l'écran les villages, les routes, les carrefours, les rivières, les forêts, elle réussit à le situer précisément sur la feuille et marqua au crayon son emplacement. Puis elle rechercha, près de la ville belge d'Ohey, le hameau d'Évelette dont les Simonne étaient originaires. Situer Irresheim, le village natal de Robert Wieck, lui demanda un peu plus de temps.

Elle prit ensuite une règle et traça des traits

pour relier les trois points, presque sûre maintenant de ce qui allait apparaître : encore un triangle ! Elle le mesura : il était équilatéral !

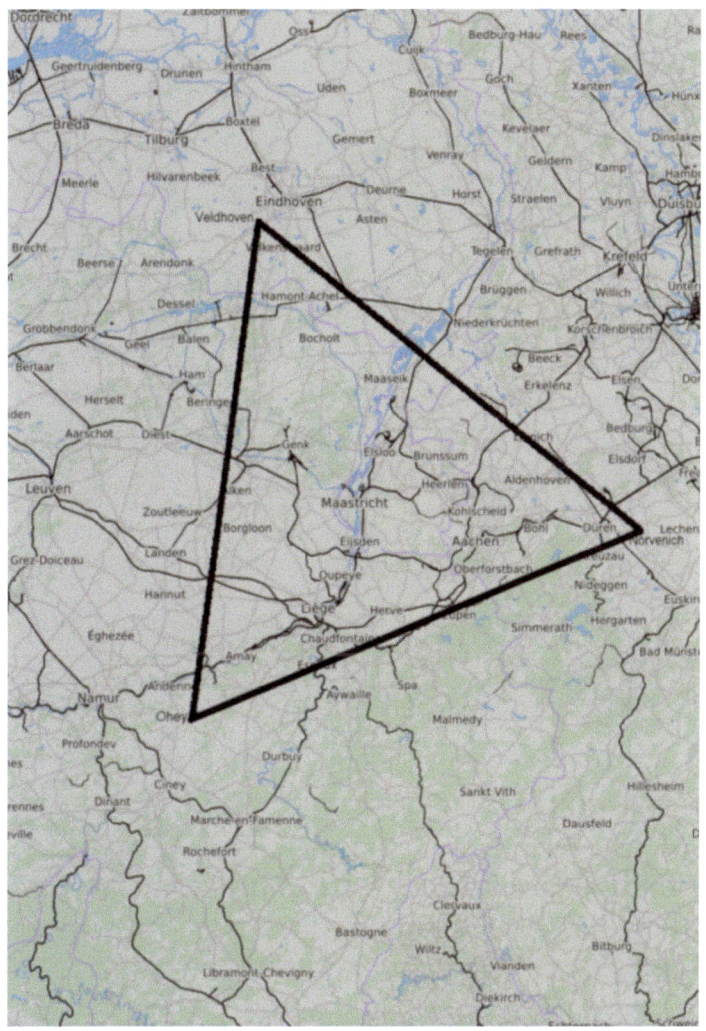

Impatiente, elle attendit nerveusement le retour du lieutenant Biasse. Cette découverte pouvait peut-être les mettre enfin sur une piste sérieuse ; cependant elle pouvait tout aussi bien les embrouiller davantage ?

Il revint vers cinq heures et demie, et immédiatement elle lui montra la carte. Lui non plus n'arrivait pas à y croire.

« Non ! C'est impossible ! C'est... le Diable ! s'exclama-t-il. Lui seul a pu monter un coup pareil ! Personne ne serait capable de planifier tout ça ! »

Mais les cartes lui prouvaient de façon indiscutable qu'il avait tort.

Alors, sans perdre plus de temps, ils firent le point sur ce qu'on pouvait en déduire. Carmen avait déjà pris un peu d'avance :

« Maintenant, on a la preuve que l'assassin calcule tout, et plutôt bien.

– Oui, on peut éliminer le vagabond illettré qui frapperait au hasard.

– Et vous avez vu, en plein centre du triangle ?

– Bien sûr ! Maastricht, la ville de l'euro, et de ce fameux traité dont certains ont dit tant de mal.

– Ça explique peut-être pourquoi il ne tue pas n'importe quels étrangers ; il choisit probablement des Européens de la zone euro ; il y a bien Claire Cordonnier...

– Mais elle vivait avec un Allemand ; il devait donc la considérer comme une traîtresse.

– Alors vous aussi, vous croyez que l'assassin agirait pour des motifs politiques ?

— Vous pensez à Buonarroti ? N'oubliez pas qu'il a un alibi pour le troisième crime. Et puis, côté calcul, il n'est pas très fort.

— Oui, sans doute ; mais je préfère m'en assurer. Il faudra être prudent, il a sûrement des appuis haut placés.

— Lui ? Depuis les derniers événements, ses anciens amis ont pris leurs distances ; il parle trop, et ses plaisanteries de mauvais goût passent mal.

— Demain, on ira chez lui discuter de triangles équilatéraux, histoire de voir si ça lui rappelle quelque chose.

— Des triangles... des triangles... ou des cercles... Oui, mais pourquoi ?

— J'ai beau chercher, chercher, je ne trouve aucune explication. »

En fin d'après-midi, un orage apporta un peu de fraîcheur. La patronne du *Square* avait installé des tables sur la place du Pontel, et c'est là que se retrouvèrent ses clients dès que le soleil fut de retour.

« Salut Éric ! Alors, toujours rien ?

— Non. Je viens de prendre les infos à la radio. Ils disent qu'avec des gendarmes à tous les carrefours, on peut dormir tranquille.

— Ils disaient déjà ça la dernière fois, et on a vu le résultat !

— Oui, mais il y en a dix fois plus aujourd'hui.

— Il faudrait que l'assassin soit bien malin

pour circuler sans se faire repérer. Moi, je crois que le ministre a pris la bonne décision ; Mickaël avait raison... Mais, au fait, il n'est pas là ?

– Il ne va pas tarder, il avait encore des clients tout à l'heure. »

À sept heures du soir, Buonarroti n'était pas réapparu.

« C'est bizarre, d'habitude il ne rate jamais l'heure du pastis.

– Il avait mauvaise mine, samedi. Depuis toutes ces histoires, les clients se bousculent au magasin. Il est surmené, et il a dû rentrer chez lui pour se reposer.

– Mais hier, il ne travaillait pas, et pourtant il n'avait pas l'air en forme non plus. »

Derrière son comptoir, Margot suivait la conversation d'un air indifférent. Aussi tout le monde fut surpris quand elle lâcha simplement :

« Samedi, il était très en forme avant le discours du ministre ; et puis, tout à coup, il a paniqué, comme ça, pour rien. »

Aussitôt la conversation prit une tout autre tournure.

« Oui, c'est vrai ! C'est quand on a annoncé le couvre-feu et l'arrivée de tous ces gendarmes.

– Il a changé d'un seul coup. On aurait dit que ça dérangeait ses plans.

– Attends, tu veux quand même pas dire que...

– Bien sûr que non ! Enfin, ça m'étonnerait vraiment. Il est surtout violent en paroles.

— C'est vrai qu'il parle, il parle... Et il en dit, du mal des étrangers !

— Il ne les supporte pas, et on dirait qu'il est content quand on découvre un nouveau crime.

— Parce qu'il croit que ça fera peur aux autres et qu'ils s'en iront.

— N'empêche, ses amis du Front National ont été obligés de le mettre sur la touche ; ils ont dit qu'il était incontrôlable !

— Ben moi aussi, je m'en suis toujours méfié. Il veut jouer les patriotes, mais il en fait trop ; c'est pas naturel ; on dirait qu'il a quelque chose à se faire pardonner ; peut-être son nom étranger ?

— Mais Buonarroti, ça peut être corse !

— Moi, je me souviens bien de l'arrivée de son grand-père, et je peux vous assurer que c'était pas de Corse qu'il débarquait !

— Ça reste entre nous, hein ? J'ai entendu dire que les gendarmes le soupçonnent ; mais ils n'ont pas encore de preuves.

— Il est malin, il ne se laissera pas prendre facilement. Je ne sais pas si vous vous en souvenez, mais quand la bande du Puy a été arrêtée, il y a une quinzaine d'années, il a été le seul à ne pas finir en prison.

— Oui, mais à cette époque, il n'avait encore assassiné personne. »

Un imperceptible sourire de satisfaction éclairait le visage mafflu de Margot Donnadieu.

14

Mardi 2 juin

Tous les matins, un peu après neuf heures, Éric Bertholoz quittait la boulangerie où il était employé. Il devait traverser la place du Pontel pour rentrer dormir chez lui, et avait l'habitude de s'arrêter au *Square* pour boire un café ; c'était l'occasion de bavarder avec Mickaël, qui venait là, lui aussi, avant d'ouvrir sa boutique. Mais ce matin-là, personne ne l'avait vu.

Poussé par la curiosité, Éric traversa la place et observa l'armurerie à travers la vitrine ; il n'y avait personne à l'intérieur. Sans conviction, il poussa la porte ; elle s'ouvrit, déclenchant le tintement dissonant d'un carillon.

Étonné, il entra et appela ; aucune réponse. Il fit le tour des rayonnages, regarda derrière le comptoir ; personne. Comment Mickaël, lui d'habitude si méfiant, avait-il pu partir en oubliant de fermer le magasin à clé ?

Il aperçut alors, à peine dissimulée derrière un grand panneau publicitaire, la porte du stand de tir clandestin installé dans la cave ; bien sûr, Mickaël devait s'entraîner, ou tester une nouvelle arme ; il en avait justement parlé samedi.

Éric poussa la porte et vit que le sous-sol était éclairé. Il descendit une dizaine de marches et regarda, à droite, la longue salle voûtée.

Buonarroti était là, allongé sur la terre battue, les yeux immobiles fixant le plafond. Un filet de sang séché et un petit trou sombre au milieu de son front ne laissaient guère de doutes sur les causes de sa mort : l'assassin avait utilisé une arme à feu. Mickaël avait donc gagné son pari !

Bertholoz retourna au *Square* le visage aussi décomposé que s'il revenait de la grande messe des morts. La nouvelle du meurtre de Buonarroti se répandit instantanément dans la ville.

Dix minutes plus tard, Carmen Aulinier arrivait à l'armurerie, avec le lieutenant Biasse. Elle fut choquée par le comportement de deux jeunes femmes qui observaient depuis *le Square* l'attroupement devant le magasin ; les deux amies sur la terrasse semblaient s'amuser beaucoup.

Le capitaine ne s'était pas déplacé ; depuis la réunion houleuse à la sous-préfecture, il ne sortait plus de son bureau, ne s'intéressait plus à rien. Il avait cru tout planifier, sa vie, sa carrière, sa famille ; tant que tout allait bien, il s'attribuait le mérite d'événements dus au seul hasard, et il méprisait ceux qui n'avaient pas sa chance. Mais depuis deux mois, son destin lui échappait, tout semblait se retourner contre lui ; et cela, il n'arrivait pas à l'admettre. Pourquoi fallait-il que tout change si vite ? Autrefois, on connaissait les gens, on comprenait la vie, on savait prendre les bonnes décisions, tandis que maintenant...

Aussi était-il vert de peur quand le lieutenant lui confirma la mort de Buonarroti.

Après de longues minutes d'hésitation, il prit son téléphone et appela le ministère de l'Intérieur ; on le fit patienter un long moment, car son correspondant était, lui avait-on dit, en réunion.

« Bonjour Monsieur le Ministre, ici le capit...

– Oui, je sais, on me l'a dit, coupa-t-il d'une voix guillerette. Alors, je suppose que si vous me réveillez si tôt, c'est pour me féliciter ! Mon dispositif a été efficace, il a neutralisé l'assassin ?

– Euh... oui ! enfin... non, pas tout à fait.

– Comment ça *pas tout à fait* ?

– Eh bien ! l'assassin... l'assassin... Il a recommencé.

– Quoi ? Avec les quatre escadrons que je vous ai envoyés ? Vous vous foutez du monde ? Je vais avoir l'air de quoi, moi ? Je vous avais ordonné de faire surveiller un cercle précis ; ce n'était pas bien difficile, non ? Alors, qu'est-ce qui s'est passé ? L'assassin n'a tout de même pas pu agir sous le nez des gendarmes ? Vous avez oublié un hameau, une maison isolée ?

– Oh non ! tout le dispositif était bien en place. Mais l'assassin... il n'a pas choisi le cercle... enfin si, mais son centre, la place du Pontel !

– Vous voulez dire qu'il a tué en pleine ville ? Quand ? Hier soir ? Il veut nous narguer ? Mais on l'a forcément aperçu. Interrogez les voisins, les commerçants, l'autre agité, là, comment s'appelle-t-il ? Buonaparti... je crois ?

– Buonarroti ? Eh bien, c'est lui la victime. »

Pendant ce temps, l'enquête commençait dans l'armurerie.

Le médecin accouru sur place examina le cadavre, et conclut que la mort remontait à une douzaine d'heures. Il fit observer que le bruit du tonnerre avait dû masquer le coup de feu. Mais la cave était de toute façon assez bien insonorisée, et tout le monde savait quelles activités s'y pratiquaient, même les gendarmes ; les détonations, assourdies, n'étonnaient plus personne.

Puis on s'assura qu'il ne s'agissait pas d'un suicide. Aucune arme ne se trouvait à moins de trois mètres du cadavre ; on pouvait donc exclure cette hypothèse.

Quatre pistolets étaient posés sur une table, près de l'escalier ; l'assassin était probablement venu sous le prétexte d'en acheter un ; il avait demandé à le tester, et il s'en était servi pour commettre son forfait.

Le lieutenant les observa sans les toucher ; trois étaient alignés côte à côte, leur chargeur près de la crosse ; le quatrième, un Glock 19, était chargé et semblait avoir été reposé là à la hâte.

« C'est probablement de celui-ci qu'il s'est servi ; reste à trouver la douille pour en être sûr, dit-il en désignant la vingtaine d'étuis dispersés sur le sol. Mais c'est très intéressant !

– Celui-ci plutôt qu'un autre, c'est important ? demanda Carmen étonnée.

– Bien sûr ! Avec un truc pareil, on est certain que la balle n'est pas partie accidentellement. »

Deux gendarmes arrivés en renfort prenaient des photos de la scène, et ils relevaient la position du corps de Buonarroti et de tous les objets susceptibles d'être liés à son assassinat. Deux autres continuaient à fouiller la pièce.

Celui qui examinait l'armoire à munitions poussa soudain un cri. Carmen et Biasse se précipitèrent vers lui.

« Regardez ce que j'ai trouvé ! » dit-il en leur montrant un grand carton sur lequel on pouvait lire "Danger - Explosifs".

Il était rempli de liasses de billets soigneusement rangées par valeur : 10 €, 20 €, 50 €, 100 €. Ils se mirent à compter rapidement. Il y avait pour plus de trois cent mille euros de ces billets dont l'usage était maintenant interdit en France.

« Ça alors ! Lui qui passait son temps à critiquer l'euro et se réjouissait du retour au franc !

– Et lui qui voulait envoyer en prison tous ceux qui ne respectaient pas la loi ! »

En début d'après-midi, Julien et Carmen travaillaient à rédiger leur rapport sur ce nouvel assassinat.

Soudain, ils virent entrer le capitaine Labroche avec un énorme sourire ; il leur lança d'un air goguenard :

« Eh bien ! Heureusement que vos collègues de Lille sont plus efficaces que vous !

– Nos collègues de Lille ? Pourquoi ?

– Ils l'ont trouvé, eux, l'assassin, et ils l'ont arrêté !

– À Lille ? Mais qu'est-ce qu'il foutait là-bas ? Et comment ont-ils pu l'identifier ?

– Il voulait passer en Belgique, pardi ! C'est la Police des Frontières qui l'a arrêté dans le train.

– Ça alors ? Et il a avoué ?

– Il semblerait que oui, mais je n'en sais pas plus pour le moment ; j'ai entendu la nouvelle à la radio, et j'ai immédiatement demandé qu'on nous communique plus d'informations. J'attends. »

Et il sortit.

Penauds, Julien et Carmen se regardaient sans rien dire. Puis ils voulurent vérifier l'incroyable nouvelle ; si le capitaine l'avait entendue à la radio, on devait la retrouver sur internet.

Effectivement, elle apparaissait à la *une* de tous les sites d'informations, qui reprenaient cette dépêche de l'AFP :

En gare de Lille, dans le Thalys, la Police de l'Air et des Frontières a arrêté un homme qui voulait se rendre à Bruxelles ; il avait été repéré hier soir dans le Clermont-Paris, puis on avait perdu sa trace ; selon plusieurs témoins, l'homme n'a opposé aucune résistance, et il a reconnu qu'il venait bien d'Ambert. Le procureur de Lille fera une déclaration en fin d'après-midi.

Quelques journaux se bornaient à reprendre sobrement cette dépêche, mais beaucoup l'assortissaient de titres sous lesquels perçaient des arrière-pensées politiques :

Trois mois d'enquête, et enfin un suspect !

ou bien :

La police met l'assassin hors d'état de nuire

ou encore :

Pas de pitié pour le monstre :

la peine capitale !

Le lieutenant Biasse n'en revenait pas ; il était à sa recherche depuis bientôt trois mois, et il n'avait accumulé que de maigres indices ; et voilà que des collègues ignorant tout de l'enquête tombaient sur lui par hasard, et qu'il passait immédiatement aux aveux ! Non, c'était trop injuste !

Carmen tentait de le consoler : cette enquête, personne ne la connaissait aussi bien qu'eux ; et si eux-mêmes l'ignoraient, pas un seul de leurs collègues ne pouvait savoir qui était l'assassin ; donc s'il s'était fait prendre, c'était pour un autre motif, probablement un crime plus ancien commis dans une autre région.

Vers seize heures, n'y tenant plus, le lieutenant Biasse se présenta au bureau du capitaine ; mais celui-ci était de fort méchante humeur :

« Rien ! Trois fois j'ai appelé le ministère, trois fois je suis tombé sur une secrétaire qui refuse de me répondre ! "Attendez la conférence du procureur", c'est tout ce qu'elle sait dire ! »

Une heure plus tard, dans la salle de réunion, tous les gendarmes présents étaient rassemblés devant un écran de télévision. On y voyait une bonne centaine de journalistes qui attendaient impatiemment la conférence du procureur de Lille.

Il arriva entre deux assesseurs, s'assit devant une table, déplaça le micro et commença à lire le petit texte qu'il avait préparé :

« Ce matin la police a interpellé en gare de Lille un individu de nationalité étrangère qui s'est rendu coupable d'atteinte au respect dû aux forces de l'ordre et de manœuvres visant à les dénigrer. Il était en possession d'objets prouvant son délit, et il a reconnu les faits qui lui sont reprochés. Il sera donc jugé dès demain en comparution immédiate ; pour rappel, ce délit est passible de six mois d'emprisonnement et de 50 000 francs d'amende. Je vous remercie. »

Il se leva et sortit, ignorant les questions que les journalistes voulaient lui poser.

Tout le monde avait compris que l'assassin courait toujours ; mais on se demandait ce que pouvait signifier "une personne de *nationalité étrangère*", et surtout de quoi on l'accusait. La réponse arriva très vite : le gouvernement belge protestait contre l'arrestation d'un de ses journalistes et exigeait sa libération immédiate.

Ce journaliste, Bertrand Lleos, se trouvait à

Ambert quand le couvre-feu avait été décrété. Dès qu'il le put, le lundi matin, il se rendit chez un commerçant qui louait des quads et des motos, tout étonné de voir arriver un client ; il choisit une Honda tout-terrain peu bruyante, fixa sa caméra sur son casque, et quitta discrètement la ville.

Il filma tout son voyage par de petits sentiers ou à travers bois, ses louvoiements pour éviter les contrôles, les gendarmes postés sur le terrain qu'il avait réussi à approcher discrètement, et enfin son arrivée à Thiers. De là, il continua par la route jusqu'à Vichy, d'où il transmit ses images à Bruxelles. Le soir même, la télévision belge diffusa le reportage intitulé *L'homme qui s'est évadé d'Ambert*, et le publia aussi sur internet. C'était pour cela qu'on l'avait arrêté.

Deux mois plus tôt, le gouvernement avait fait voter un texte, inspiré de la *ley mordaza* en vigueur en Espagne de 2015 à 2017, qui interdisait "l'usage non-autorisé d'images de policiers, de bâtiments protégés ou d'opérations policières" ; c'était la première fois que cette loi sanctionnait un journaliste étranger.

15

Mercredi 3 juin

Furieux du mauvais tour que lui avait encore joué l'assassin, le ministre de l'Intérieur avait exigé que l'inspectrice Aulinier lui envoie sous vingt-quatre heures un rapport complet sur l'enquête, ainsi qu'une copie de toutes les pièces recueillies depuis le début.

Aussi dès sept heures du matin s'activait-elle devant la vieille photocopieuse un peu poussive que l'administration refusait de changer malgré les nombreuses demandes du capitaine.

La difficulté n'était pas tant de tout dupliquer que de gérer au mieux la quantité de papier utilisé ; car avec les nouvelles consignes et les restrictions budgétaires, le papier était devenu une denrée rare à la gendarmerie ; et envoyer au ministre une feuille au verso resté vierge aurait été perçu comme un signe de mépris vis-à-vis de la rigueur nécessaire au redressement du pays.

Carmen devait donc jongler avec les boutons "A3→A4", "Recto-Verso" et la cassette à papier. Soudain, elle poussa un cri :

« Ah zut ! j'ai photocopié les deux cartes du même côté de la feuille, et...

— Ce n'est pas dramatique, dit Biasse qui arrivait à cet instant.

— Non, évidemment, mais regardez plutôt ! c'est incroyable ! On dirait une étoile de David ! »

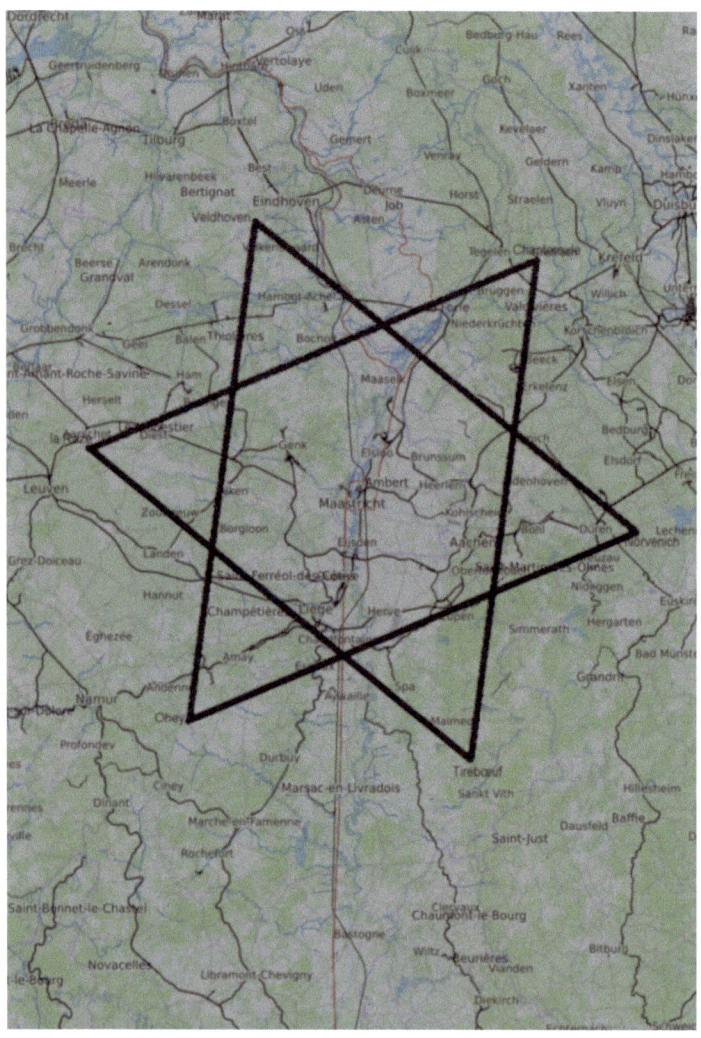

Biasse regarda la carte, tout d'abord circonspect ; mais il fallait bien se rendre à l'évidence, c'était une étoile de David absolument parfaite, si l'on exceptait sa légère inclinaison.

Soudain il blêmit, ouvrit la bouche et, après quelques secondes d'hésitation, il lâcha :

« Nom de Dieu ! C'est lui, c'est Euclide ! »

Étonnée, Carmen voulait comprendre quel rôle l'antique mathématicien grec pouvait bien venir jouer dans cette affaire.

« Attendez, je vais tout vous expliquer. Mais d'abord... »

Il saisit le téléphone et appela le procureur : il il lui fallait tout de suite un mandat d'amener, et aussi un mandat de perquisition, pour fouiller l'appartement du suspect.

Aussitôt après, il appela deux gendarmes et leur ordonna de partir immédiatement à la recherche de Thomas Micaulot.

« Dès que vous l'aurez trouvé, ramenez-le ici ; j'ai pas mal de questions à lui poser. Essayez de ne pas éveiller ses soupçons ; dites-lui que c'est à cause de l'incident de samedi, comme ça il ne cherchera pas à résister. Mais tenez-vous quand même sur vos gardes, on ne sait jamais. »

Il put enfin se tourner vers Carmen qui comprenait de moins en moins :

« Eh bien, voilà ! Euclide, c'est le surnom que tout le monde donne ici à Thomas Micaulot, un ami de Buonarroti. Il paraît que c'est un génie des maths. Et en plus, il est géomètre-arpenteur. Alors ces triangles sur les cartes, cette étoile, pour moi, c'est sa signature. Il n'y a que lui pour imaginer une telle mise en scène ; j'en suis sûr...

– On peut le soupçonner, peut-être. Mais de là à affirmer que c'est sûrement lui... Pourquoi ne pas arrêter tous les Ambertois qui ont quelques notions de géométrie ?

– Attendez ! Le 1er janvier, vers trois heures du matin, on l'a surpris rue de Goye, un seau de peinture et un pinceau à la main ; et devinez ce qu'il peignait sur la façade d'une maison : des étoiles de David ! Quand on lui a demandé des explications, il a tenu des propos totalement incohérents, parlant de sorciers, de démons... À l'époque, on a mis tout ça sur le compte d'un réveillon trop arrosé. Mais avec tout ce qui s'est passé depuis, et ces dessins sur les cartes, permettez-moi de le soupçonner sérieusement. »

Ce dernier argument parut convaincre Carmen qui demanda pourtant :

« Et à part ça, il s'est signalé autrement ? Il a fait d'autres bêtises ?

– Non, pas spécialement. Il y a trois ans, pendant la campagne pour la présidentielle et celle des législatives, il faisait partie de l'équipe de Buonarroti ; il semblait lui vouer une grande admiration, l'accompagnait partout dans les réunions politiques et l'aidait à coller des affiches. Et lui aussi, au café, il promettait de lyncher tous les étrangers ; mais les seules bagarres auxquelles il a réellement participé, c'était l'an dernier, contre les infirmiers en grève, quand il était question de fermer l'hôpital. Pourtant aujourd'hui, ses relations avec Buonarroti sont devenues plus distantes ; il paraît même qu'ils se sont sérieusement disputés au café, il n'y a pas longtemps ; mais de là à vouloir le tuer, j'ai moi aussi du mal à y croire. »

Une heure et demie plus tard, les deux gendarmes revinrent sans Thomas Micaulot, et firent leur rapport au lieutenant Biasse, en présence de Carmen Aulinier.

Sa moto était garée devant chez lui, mais il n'était pas là. Ils l'avaient donc cherché au cabinet de son employeur. Celui-ci crut tout d'abord qu'ils venaient à cause de la voiture mitraillée :

« Eh bien ! Vos collègues ont la gâchette facile ! Thomas a eu de la chance de s'en sortir sans une égratignure. Pour la voiture, j'attends la réponse de mon assureur ; heureusement, à l'intérieur le matériel n'a pas été touché.

– Oui, le problème de la voiture, nous le réglerons avec votre assurance. Avant, nous voudrions voir Micaulot et lui poser quelques questions. »

Mais il n'était pas au bureau non plus. Le patron leur expliqua que chaque lundi, il donnait à Thomas les consignes pour les dossiers qu'il devait traiter dans la semaine, essentiellement des bornages de forêts et de pâturages ; les jours suivants, le géomètre était libre d'organiser son travail comme il l'entendait ; il partait sur le terrain avec un jeune arpenteur assez indolent, le seul capable de supporter son mauvais caractère ; il revenait au bureau seulement à la fin de la semaine, avec le résultat de ses relevés. Devant l'étonnement des gendarmes, le patron crut bon d'ajouter :

« Vous savez, c'est le meilleur de mes géomètres, mais il n'est pas très sociable ; si je le mets dans une autre équipe, une fois sur deux ça se termine par des histoires. Alors... »

Voyant leur interlocuteur disposé à livrer quelques confidences, un des gendarmes décida de le faire parler davantage. C'était de toute façon du temps gagné pour la suite de l'enquête.

Ils apprirent donc que Micaulot avait reçu son surnom d'Euclide dès la classe de sixième, se distinguant par son intuition et la vivacité de son esprit d'analyse. On racontait que, envoyé au tableau, il avait plusieurs fois trouvé la solution d'un problème alors que le professeur n'avait même pas fini de poser la question.

Ses excellentes notes en maths, en physique et en géographie avaient compensé ses résultats lamentables dans les autres matières ; malgré des 2/20 en histoire ou des 3/20 en français et en anglais, sa moyenne générale lui avait toujours permis de passer dans la classe supérieure.

Après le Bac, il avait préparé un concours pour entrer à l'IGN ; il pensait concilier ainsi ses deux passions, la géométrie et la géographie. Il réussit brillamment le concours, mais fut éliminé lors de la visite médicale, à cause d'une mauvaise perception du relief, incompatible avec le travail sur les photos aériennes stéréoscopiques.

Déçu, mais ne voulant pas renoncer à travailler sur la carte et le territoire, il avait opté pour une formation de géomètre-arpenteur.

À son retour à Ambert, le patron lui avait proposé un remplacement de deux mois, et depuis Thomas n'avait plus quitté l'entreprise. Au début, sa misanthropie avait causé quelques problèmes avec ses collègues ; mais son employeur ne voulait pas se séparer d'un aussi bon géomètre, et il avait trouvé la solution en lui confiant des missions qu'il pouvait traiter avec le seul arpenteur à peu près imperméable à ses sautes d'humeur.

Quant à sa vie personnelle, on n'en connaissait pas grand chose. Il s'était marié, et peu de temps après sa compagne l'avait quitté et avait demandé le divorce ; toujours à cause de son caractère bizarre. Il ne faisait pas de sport, sortait peu, et passait presque tout son temps à dessiner des figures géométriques sur les murs de l'appartement. À un moment, il s'était intéressé à la politique, mais c'était maintenant terminé.

Croyant deviner soudain ce qui pouvait motiver la venue des gendarmes, le patron insista :

« Oui, il a bien changé en peu de temps. Il y a trois ans, il ne parlait que de chasser les étrangers ; heureusement, maintenant, ça lui est complètement sorti de la tête. »

Dès le début de l'après-midi, tandis que plusieurs patrouilles sillonnaient le canton à la recherche du suspect, le lieutenant Biasse et l'inspectrice Aulinier, munis d'un mandat de perquisition et accompagnés d'un serrurier, pénétrèrent dans l'appartement de Micaulot.

Une odeur de renfermé et de poussière les saisit dès l'entrée. Ils durent éclairer les pièces, tant la lumière extérieure avait du mal à franchir les lourds rideaux noirs qui masquaient les fenêtres.

L'écran de veille d'un ordinateur faisait défiler les mots "*ante diem III Nonas Iunias*".

« Qu'est-ce que c'est encore ? Un message codé ? Il attendait notre visite ?

– Non, c'est simplement la date en latin, expliqua Carmen. Sans doute celle d'aujourd'hui, on vérifiera. Mais quelle drôle d'idée d'utiliser le calendrier romain ! »

Des piles de livres posées sur le sol encombraient les pièces ; ils en examinèrent quelques uns : c'étaient soit de savants traités de mathématiques, soit des grimoires abscons sur la sorcellerie ou les rites occultes d'anciennes civilisations mystérieusement disparues.

Ils ne furent pas surpris non plus du nombre invraisemblable de cartes étalées sur les meubles ou placardées aux murs. Sur la plupart, des figures géométriques avaient été dessinées, et sur l'une d'elles, le fameux triangle était tracé !

Ils remarquèrent aussi, sur la commode, un panneau de bois devant lequel des bâtonnets d'encens s'étaient consumés ; sur ce panneau étaient collés plus de vingt portraits, chacun accompagné d'une légende mystérieuse : "Milan 1969-16", "Bologne 1980-85", "Oklahoma City 1995-168", ou encore "Oslo 2011-77"...

« Tiens, j'ai déjà vu cette tête-là quelque part », s'étonna le lieutenant.

Carmen se pencha pour examiner la photo, puis elle s'exclama d'une voix assurée :

« Bien sûr, vous l'avez déjà vue ! À la télé et dans les journaux ! C'est Breivik, le type qui a perpétré les attentats d'Oslo, en 2011 ! Et 77, ça doit être le nombre de ses victimes.

– Et les autres aussi ?

– J'essaie de me souvenir. Oui, Bologne, Milan, Tokyo... Les dates semblent correspondre... Ce sont tous des types d'extrême-droite qui ont commis des attentats. Visiblement, Micaulot les admire, et il a peut-être l'intention de les égaler. »

La suite de la perquisition conforta cette hypothèse. En effet, dans un tiroir de la commode, ils découvrirent, soigneusement rangés, plusieurs composants électroniques, des circuits imprimés, et surtout un manuel sur la mise à feu d'explosifs à distance ; en guise de marque-page, le lecteur y avait inséré un billet de la SNCF : un Vichy-Paris avec réservation pour le 30 juin 2020 !

« Avec tout ça, je crois qu'il aura du mal à nier », se réjouit Julien Biasse.

Des gendarmes restèrent en faction devant son domicile pour le cueillir dès qu'il rentrerait de sa journée de travail. Mais Micaulot ne revint pas. Comment, par qui avait-il été averti de ce qui l'attendait ? Et où était-il parti se cacher ?

16

Jeudi 4 juin

Un peu après minuit, les deux gendarmes qui patrouillaient au-dessus de Job aperçurent dans les phares de leur voiture un individu qui gesticulait au milieu de la route ; son air hébété et une grande tache rouge sur son t-shirt montraient qu'il avait été victime d'un accident ou d'une agression. Il s'arrêtèrent immédiatement pour lui porter secours.

Dès qu'il s'approcha, ils le reconnurent : c'était Euclide ! Ils eurent un geste de recul, mais Micaulot ne paraissait pas menaçant, et il avait visiblement besoin d'aide. Il semblait soulagé de les rencontrer, et il leur demanda aussitôt s'ils pouvaient le ramener à Ambert.

Ses blessures étaient superficielles ; ils l'installèrent à l'arrière, et il s'expliqua pendant le trajet.

En début d'après-midi, son collègue l'avait monté jusqu'au Pré Daval, où il avait garé sa 308, et ils avaient continué à pied en direction de la Croix du Fossat. À cause des nombreux arbres abattus par les tempêtes de l'hiver, le bornage du terrain avait nécessité plus de temps que prévu. En redescendant par le petit sentier, il était de mauvaise humeur car la nuit commençait à tomber, et il reprochait sans cesse à l'arpenteur sa lenteur ; à la fin, celui-ci se rebiffa, ils échangèrent des insultes, puis ne s'adressèrent plus la parole. Mais une fois le matériel rangé dans le coffre de la voiture, l'autre démarra brusquement, abandonnant Micaulot en pleine montagne.

Par chance, la lune bientôt pleine était levée, et Thomas connaissait assez le terrain pour entreprendre la descente vers la vallée à pied ; mais dans le bois de la Loge, il voulut prendre un raccourci et fit une chute de plusieurs mètres dans les ronces ; il peina longtemps pour s'en extraire, après quoi, épuisé, il n'eut qu'une idée : rejoindre une route et attendre le passage d'un véhicule.

Julien Biasse avait été réveillé par l'appel de ses collègues ; il s'était habillé en vitesse et il se tenait prêt pour accueillir le suspect. Celui-ci fut un peu étonné d'être conduit jusqu'à la gendarmerie, mais on commença par soigner ses égratignures et lui offrir du café, ce qui le rassura. Puis le lieutenant intervint :

« La loi ne m'oblige plus à le faire, mais je crois encore à certains principes. Alors je vous demande si vous voulez être assisté par un avocat.

– Un avocat ! Mais c'est pour les voleurs, pour les voyous ! Qu'est-ce que vous voulez que je fasse d'un avocat ? Moi, je ne suis pas un bandit !

– Bien sûr, vous êtes innocent ! Mais si je vous parle de triangles équilatéraux, ça ne vous rappelle rien ? »

Thomas ne put cacher une petite grimace, mais il se ressaisit aussitôt :

« Dites, je ne suis plus à l'école ! Mais qu'est-ce que vous me reprochez, au juste ? C'est pour les graffitis la nuit du réveillon ?

– Oh ! pas exactement ! Nous aurons sans doute l'occasion d'en reparler aussi. Mais d'abord, toujours pas d'avocat ?

– Non, puisque je suis innocent. Et puis je suis capable de me défendre tout seul. »

Le lieutenant lui signifia sa mise en garde à vue. Carmen, qui venait d'être avertie, entra à cet instant ; Julien échangea un regard rapide avec elle. Puis il fit venir un gendarme muni d'une sorte de petit téléphone.

« Nous allons tester ce nouveau jouet ; posez votre main sur l'écran, comme ça, oui. »

Ensuite il brancha l'appareil à un ordinateur ; quelques secondes plus tard, l'écran afficha la réponse : les empreintes relevées sur les lieux des crimes étaient, à 99,997%, celles de Thomas Micaulot.

Aussitôt celui-ci s'indigna :

« Mais vous n'aviez pas le droit de prendre mes empreintes ! Je n'ai commis aucun délit. »

Le lieutenant lui présenta la carte qu'il avait trouvée pendant la perquisition :

« Et ça, vous pouvez m'expliquer ?

– Mais c'est ma carte ! Qui vous l'a donnée ?

– Nous l'avons trouvée chez vous ! Vous

reconnaissez que c'est bien votre carte, alors expliquez-moi pourquoi vous avez dessiné ce triangle.

– Tout le monde sait où les crimes ont eu lieu, tout le monde peut le tracer ; ça ne prouve rien.

– Pour former un triangle équilatéral, il a fallu calculer, mesurer. Regardez bien : aux deux extrémités du trait qui relie Chantemule à la Raze, il y a le trou laissé par la pointe d'un compas, et on voit nettement les deux courbes au crayon qui se croisent vers Tirebœuf.

– Et alors ?

– Alors ? Ça prouve que ce triangle a été tracé avant le troisième crime ! Avant ! L'assassin l'a tracé pour déterminer où il allait frapper ! »

Micaulot comprit qu'il n'était plus possible de nier, mais il voulut savoir ce qui avait pu le trahir et éveiller les soupçons.

« Vous n'avez pas oublié la nuit du 1er janvier ? demanda le lieutenant en lui présentant l'étoile de David sur la photocopie ratée.

– Ça ? Vous avez trouvé ça aussi ? J'étais sûr que personne ne réussirait à le découvrir. Mais vous avez fait comment ?

– Par hasard, ou plutôt par erreur », répondit Carmen avec un petit sourire de satisfaction.

Dès cet instant, Thomas Micaulot éprouva une certaine admiration pour Carmen et Julien : il pouvait tout leur expliquer, ils étaient à la hauteur ! Alors il se montra très coopératif, et même fier de ce qu'il avait échafaudé ; il n'hésitait pas à anticiper les questions, pour bien montrer qu'il n'avait rien laissé au hasard, que tout était calculé.

Il avait d'abord voulu tuer Claire Cordonnier. C'était un peu grâce à lui si elle avait réussi son Bac, car elle n'était pas très forte en maths. Les études terminées, ils avaient vécu ensemble quelques semaines, et puis elle l'avait mis à la porte, lui reprochant son manque d'humour et de fantaisie. Après quoi elle s'était mariée avec un Allemand ! Comme si un Allemand était capable de fantaisie et d'humour ! Cet assassinat, Thomas en avait rêvé pendant des années, sans avoir l'intention de passer réellement à l'acte un jour.

Et puis il y avait eu les événements politiques, tous ces discours contre les étrangers, et, à la télé, l'Allemagne arrogante et fière de sa puissance économique face à la France minée par la faiblesse de son économie et de sa nouvelle monnaie. Alors il avait prévu de les empoisonner le 1er mars ; mais quelques jours avant, tandis qu'il rôdait autour de la Raze, il les avait vus partir en vacances, les skis sur le toit de la voiture. Il avait donc décidé d'attendre le mois suivant, et de commencer par ceux du *mas* de Chantemule.

Et ceux-là, que lui avaient-ils fait ? Rien, sinon qu'ils avaient acheté cette bâtisse qu'il convoitait depuis longtemps. Pendant des années, il avait chaque mois mis de l'argent de côté, voyant son rêve se rapprocher lentement ; il allait bientôt pouvoir acheter le *mas*. Et puis il y avait eu le retour au franc ; suivant les conseils de son ami Buonarroti, il s'était empressé de convertir toutes ses économies. Mais la dévaluation et l'inflation ruinèrent tous ses espoirs : que valait-il, lui, avec ses pauvres francs, face aux retraités belges qui payaient en euros ?

Il ne les connaissait pas, et avait seulement entendu un stagiaire du notaire dire qu'il étaient bouchers ou charcutiers. Il s'était donc armé d'un couteau tranchelard et était monté, à la nuit tombante, au mas de Chantemule. Il tournait autour de la maison entièrement fermée, quand Denyse Simonne avait ouvert le volet, du côté de la piscine, pour appeler son chat. Il avait bondi et l'avait rattrapée dans le salon ; puis il était allé tuer son mari dans la cuisine. Économe par habitude, il avait pris soin d'éteindre toutes les lumières avant de repartir. C'est ainsi qu'il s'était approché de la commode où il avait trouvé une enveloppe entrouverte, et il était reparti avec 20 000 euros.

Le mois suivant, il n'eut aucun problème pour verser le bidon de *nicothoxame* dans la source de la Raze. Et, sa vengeance accomplie, il aurait pu s'arrêter là. Mais on commençait à parler, dans les journaux et à la télévision, de ce mystérieux *serial killer* ; on s'extasiait sur sa ruse et son sens de la mise en scène ; et il se sentait aussi invincible qu'aux manettes d'un jeu vidéo.

En marquant sur une carte les lieux de ses deux crimes, il calcula que 12 kilomètres exactement les séparaient, et que chacun se situait à 6,928 kilomètres du centre d'Ambert. Il vit immédiatement que $12 / 6{,}928 = \sqrt{3}$! Il avait donc la base d'un triangle équilatéral dont Ambert était le centre ; il suffisait de deux coups de compas pour trouver le troisième sommet : c'était Tirebœuf !

Justement, il y avait travaillé l'été précédent,

et avait rencontré les propriétaires, qui voulaient faire clôturer leur terrain ; ils lui avaient paru assez sympathiques, mais c'étaient des Hollandais, des étrangers ! Pour lui, ces coïncidences ne pouvaient pas être le fruit du hasard, c'était un signe du destin ; il n'avait pas le choix, il devait les tuer. Et comme il ne fallait pas décevoir son public, il choisit cette fois encore une méthode en rapport avec le métier des victimes ; il était si sûr de son impunité qu'il signa volontairement le crime en laissant de belles empreintes sur la voiture.

C'est à l'époque où le lieutenant avait découvert le premier triangle qu'Euclide avait repéré le second, guidé par ce que les journaux lui apprenaient sur les victimes. Et il avait très vite eu l'idée de les superposer pour former une *Brauerstern* – mot qu'il prononçait d'ailleurs fort mal –, vieux symbole des alchimistes, que tout le monde confond avec l'étoile de David. Gavé de sciences occultes par quelques romans ésotériques indigestes, Micaulot y voyait la réunion de l'eau et du feu, signes de purification et de renaissance. Tout cela ne confirmait-il pas que le Grand Architecte, le Gardien de l'Ordre Éternel, l'avait choisi, lui, pour être la main du Destin ?

Pour couronner le tout, il y avait, au centre, d'un côté Maastricht, la ville où avait été signé le traité à l'origine de tous ses maux, en particulier de l'euro, et de l'autre Ambert, et plus précisément le Pontel. C'était là qu'était installée l'armurerie de Buonarroti, l'ami en qui il avait eu confiance et qui l'avait trahi en lui conseillant de convertir ses économies en francs ; depuis, Thomas avait découvert que Buonarroti, à l'inverse de ce qu'il claironnait, accumulait les euros en cachette. La victime suivante était donc toute trouvée.

Thomas venait d'avouer tout cela aussi tranquillement que s'il avait parlé d'une de ses journées de travail. Carmen eut même l'impression qu'il s'attendait à être félicité pour son ingéniosité. Il avait tout expliqué avec une telle logique qu'un assez long silence suivit ses aveux. Puis le lieutenant intervint :

« Tout est parfaitement clair. Mais il y a encore un petit détail que j'aimerais comprendre : pourquoi avoir choisi chaque fois le premier jour du mois ? Il y a une raison ?

– Quand j'étais au collège, mes parents m'ont forcé à faire du latin. Ça ne m'intéressait pas, et j'ai tout oublié ; mais je me souviens encore du jour où le prof nous a présenté le calendrier romain ; ça, je ne l'ai jamais oublié ! Le premier du mois, c'est le jour des calendes, le jour où on paie ses dettes, où on règle ses comptes.

– Donc vous leur avez réglé leur compte ! Et tout à commencé le 1er mars parce que…

– Parce que pour les Romains, mars était le premier mois de l'année ; et Mars le dieu de la guerre ! Ça non plus, je ne l'ai pas oublié ! »

Euclide avait pensé à tout, c'était ahurissant.

« Et pour juillet, qu'est-ce qui était prévu ?

– Pour juillet ? … rien !

– Ça m'étonnerait ! On a trouvé chez toi tout

le matériel nécessaire pour faire sauter une bombe à distance, et un billet de train pour Paris.

— ...

— Tu sais bien qu'on prépare de grandes cérémonies pour le 1er juillet ; il y aura la présidente, tout le gouvernement, et des quantités d'invités ; c'est là que tu voulais aller ? Dis-le ! Et pour faire quoi ?

— ... »

Autant Micaulot avait été loquace sur les événements passés, autant il refusait obstinément de s'expliquer sur ses projets. On ne pouvait même pas deviner si c'était pour protéger d'éventuels complices, ou parce qu'il était furieux de ne plus pouvoir réaliser son plan jusqu'au bout.

Le soir même, au *20 Heures*, le ministre de l'Intérieur expliqua que l'assassin était un paranoïaque, un loup solitaire, un anarchiste qui en voulait à la société tout entière. Heureusement, les directives qu'il avait données aux gendarmes leur avaient permis, au terme d'une courageuse poursuite, de capturer vivant le terroriste. Il ne doutait pas que la Justice saurait prendre ses responsabilités et l'envoyer rapidement à l'échafaud.

Au même moment, sur une chaîne concurrente, Nicolas Sarkozy félicitait les forces de l'ordre, et il se réjouissait que le gouvernement ait, enfin, tenu compte de ses conseils.

Épilogue

Lundi 6 juillet

À Paris, les cérémonies organisées en l'honneur de la *VIème République* se sont déroulées sans incident. La surveillance des rues par une centaine de drones, les restrictions de circulation, les barrages et les contrôles d'identité systématiques, la fouille obligatoire à l'entrée de tous les magasins et lieux publics, toutes ces nouvelles mesures ont réussi à dissuader les complices de Micaulot.

Celui-ci, accusé d'actes de terrorisme, vient d'être jugé par la cour d'assises spéciale et condamné à mort. À cette occasion, le garde des Sceaux s'est félicité de l'efficacité de sa réforme de la Justice, dont la lenteur légendaire fait maintenant partie du passé. Il a aussi annoncé que la sentence serait exécutée en public, place de la Concorde, tout en déplorant l'inefficacité de Pôle Emploi, qui ne parvient toujours pas à recruter un bourreau qualifié.

Des journalistes de *Médiapart* viennent de révéler que Micaulot avait participé, en 2018, aux émeutes de Klagenfurt provoquées par le *Wiener Korporationsring*, un groupuscule néo-nazi autrichien, et que depuis il était fiché dans l'*Eurodac*. Si les gendarmes français avaient eu accès à ce fichier, ils auraient pu l'arrêter dès le premier meurtre.

Le capitaine Labroche a été promu au grade de chef d'escadron, pour services rendus à la nation ; il rejoindra bientôt la préfecture de la Haute-Marne.

Il ne sera pas remplacé, et c'est le lieutenant Biasse qui dirigera la brigade d'Ambert.

L'inspectrice Aulinier a été rappelée au ministère de l'Intérieur, où elle s'ennuie en attendant qu'on lui confie une nouvelle mission.

Mais dans quelques jours, Carmen et Julien vont partir ensemble pour deux semaines de randonnées dans les Pyrénées.

Libéré des mauvaises plaisanteries et des insinuations qui pesaient sur lui, Alex Vialatte a repris goût à la vie. Ses amis ont même du mal à le reconnaître ; au bistrot, il n'hésite plus à prendre la parole, et attend avec impatience les élections de 2022 ; il porte maintenant une barbe épaisse et des cheveux longs, et à son oreille gauche pend, comme un défi, une pièce de monnaie : celle qu'il a trouvée dans sa voiture au printemps, la pièce d'un euro.